紅葉する老年

旅人木喰から家出人トルストイまで

武藤洋二

みすず書房

①レンブラント・ファン・レイン《放蕩息子の帰宅》
父親は両手で息子のなまの存在を確かめている。
この父親とは逆に息子を失ったレンブラント最晩年の作。
1668-69年　エルミタージュ美術館

②
顔の研究家レンブラントの
おそらく最後の《自画像》。
近づいてくる死の足音を
聞きながら仕事中の 63 歳。
1669 年
マウリッツハイス美術館

③
レンブラントが古代の画家
に扮した《ゼウクシスとし
ての自画像》。
老年の毒気と陽気さ。
1665–69 年頃
ヴァルラフ＝リヒャルツ美
術館

④ニコライ・ゲー《真理とは何か》
左には権力の雄弁と光、右には無権力の無言と影。ここにあるのは対決も抗争も不可能なほど隔たっている両極についての物語である。
1890年　トレチャコフ美術館

⑤ニコライ・ゲー《磔》
ゲーは聖性、神性ではなく、キリストの救いの無さを残酷な正確さで描いた。「今、苦しむ人間」の側に立つ点で、皇帝と教会から異端あつかいされた老年のトルストイの同志であった。キリストは私たちの身代わりになって死んだという安全安心な立場から下りて、ゲーのこのキリストと共に苦しむことができるだろうか。 1892年 オルセー美術館

紅葉する老年——旅人木喰から家出人トルストイまで

目次

序　宇宙からの贈物　i

I　人生の紅葉について　3

第一話　命の個性　4
第二話　「これでも私は学ぶ」――老人ゴヤ　13
第三話　レンブラントの二つの顔　28
第四話　アヴァクームの黒パン　44
第五話　「年をとってはいけません」――ムスフェルト先生の思い出　56
第六話　坐ったままで――ファーブル　74
第七話　浦島太郎の死体　79
第八話　手作りの翼――三浦父子遠望　86
第九話　命の円さについて――木喰　93

II　トルストイ八二歳　103

1　「心の安らぎは精神的卑劣さです」　104

2　「神はここに、この絞首台に吊るされておられる……」　121

3　「ほら、人間の姿をした悪魔がいる」　131

4　「死を希ふことなく、生を求むること勿れ」　159

5　「ひょっとしたら死ぬ。いいことだ」　178

6　「地球全体が大きな墓にすぎない」　191

7　「人にかくすほどの物をばもつべからざるなり」　210

8　「百姓はこんな死に方をしない」　222

9　「警察もひざまずけ！」　237

話の後で　259

帝政ロシヤに関しては旧暦を使用した。ロシヤでは一九一八年二月一三日まで旧暦が使われ、同年二月一日を新暦二月一四日とする改定が行われた。

序　宇宙からの贈物

命の個性の幅は、常識の幅より広い。

一七七六年、ザポロージエ・コサックの最後の頭領ペ・イ・カルニシェフスキイは、「石の袋」と呼ばれた二メートル四方の石牢に投げこまれた。窓は狭く、光がほとんど入ってこない。戸の上に通風の穴があいていて、窒息しないように最小限の空気が入ってくる。

冬の間は死にかけるほどの寒さで、しかも土牢の中は真っ暗である。食物もろうそくの火とともに下へおろし、囚人が食べおわると火が消される。カルニシェフスキイは八七歳である。当時の短い寿命から考えれば、並はずれた長寿であり、放っておいても間もなく死んでしまう。

ところが、この老いた頭領は、殺すための生存条件で生きつづけ、釈放後、修道院でさらに二年生きて、一一二歳で大往生した。

黒パンと水以外に何か口に入れるものがあったのか細かいことは不明だが、極度の粗食で、現代の栄養学から判断すれば、必要不可欠なものの不足だらけである。彼は、命を断ったほうが得だとおもわれる生存条件下で同時代人の二倍強の寿命に恵まれた。

三〇三年間つづいたロマノフ王朝一八人の皇帝のうち還暦をむかえることができたのは二人だけで

ある。人生が最も長かったのはエカテリーナ二世で、六七年六カ月間である。帝王の暮らしをして、この最年長者は、カルニシェフスキイより人生が四五年も短い。

健康は長命を保証せず、病身は短命を予定しない。ストレスは命をむしばむことが多い、しかし、同時に、ナチのユダヤ人絶滅収容所で二年間生きたピアニスト、アリス・ヘルツ＝ゾマーは一一〇歳まで生きた。平和な時代の会社勤めでストレスから二〇歳代で命が滅びてしまうこともある。

命の得体の知れない力、命の個性の強さ、命と命との想像を絶するちがいこそは、人生の青葉の時期でも紅葉の時期でも万人の人生への宇宙からの贈物である。

Ⅰ　人生の紅葉について

第一話　命の個性

1　「神に背く草」

ロマノフ王朝の初代皇帝ミハイル・フョードロヴィチの御代《みよ》では、「神に背く草」と言われたタバコをのんだ者は、鼻を切り落とされた。タバコという煙の草を嫌がるのは神様だけではないが、これなしには生きていけなくなっている者も多い。著者の知人は、バスに乗る直前までタバコをすい、三五分間がまんし、目的地に着く数分前にタバコとマッチを手にもって降車にそなえる。下りたとたん吸うためである。会議の最中も同席者をはばからずすいつづけ、数十年後この人はタバコが原因だと思われる癌に二回も襲われた。退院すると再びタバコを楽しんだ。悪魔の草といういまわしい表現が使われたのは理解できる。しかし、タバコにとりつかれた者には神も悪魔も煙で姿が消えてしまう。

しかし、タバコを楽しむように神様が特別の身体を贈ってくれたかのような者もまた少なくない。タバコという小窓からのぞいただけでも、人間の身体だけでなく、命そのものの個性の支配力が感じられる。

バートランド・ラッセルは、パイプを離したことがないのに百歳近くまで二〇世紀最高級の頭脳をもって活動した。葉巻を離さなかったウィンストン・チャーチルは、ウィスキイで一日を始めた。それを水で割るような臆病さも、強い酒を適量でという小心さとも無縁であった。一八七四年十一月三〇日から一九六五年一月二四日まで、九〇年二カ月生き、「何もかもあきあきした」と精神と活動と名声の満腹状態で死んだ。その大きな腹にはもちろん葉巻の煙が充満し、ウィスキイがたっぷり入っていただろう。

酒とタバコと政治と執筆とがたがいに助けあい、活力に満ちた全体を形作り、政治家の余技でノーベル文学賞をもらっている。

いつかやられると心配しながら、酒やタバコを止められない者が、偶然にチャーチルの生き方を知って、その多様で豊かで巨大な全体像からウィスキイと葉巻だけをトゲのように抜きとってまねをすれば、肉体的にも精神的にも知的にもこのイギリスの巨人と何も共有しない模倣者は、酒とタバコからただひたすら攻撃されるだろう。

個性を盗むことはできない。それは炎天下で氷を盗むのと同じである。精神という家に帰りつくまでに水になってしまう。ぬれた衣服にこの犯行の跡がしばらく残る。この不愉快な湿り気が模倣の後味である。

命の根本構造に他人を排除する個性があって、模倣者は、食物であれ思想であれ身なりであれ、あてにしていた御利益をお手本から受け取ることはない。連なって走っていると思っても線路は別々なのである。

生き方が自分の個性からずれてしまうのは自分の面倒見が下手なのである。個性泥棒はお手本と合体することはない。

百寿者の中には野菜が嫌いな者もタバコを楽しんでいる者もいる。それは野菜の不要性もタバコの効用も説明しない。そこにあるのは他人を寄せつけない命の強烈な個性である。百寿者の健康に感心してまねをするのは、ライオンの雄々しさにあこがれて生肉を食べようと決心するウサギに似ている。健康に生きるために万人に提案されている戦術には、自分に合うものも含まれている。しかし、多数の者に合う原則に従うよりも、自分の個性に身をゆだねる方が合理的で、命にやさしい。

長寿者の食生活のまねは自分の個性への裏切りである。肉食も粗食も酒もタバコもまんじゅうも特定の個性の支配下でのみ善行をつむ。支配者がちがえば悪行のかぎりをつくす。これは最もありふれた食卓上の犯罪である。

チャーチルにウィスキイと葉巻を禁じたら歴史的な政治活動もノーベル賞もなかっただろう。「大きな船には大きな航海」（ロシヤの諺）。小舟の上で水割りのウィスキイをちびりちびり飲むのは、チャーチルによるチャーチルの否定であり、自分自身が自分の仕事の最大の妨害者になってしまう。

ある著述家は高血圧でそのままでは危険であった。医師が処方した降血圧薬で万人向きの正常値に近くなったら、仕事の能率が落ち、血圧といっしょに仕事量が低下した。正常値はこの仕事師には合わないと理解した医師のおかげで、基準値の束縛を抜け出し仕事に都合のいい程度の高血圧へもどしてもらい、この人は順調に仕事をつづけている。執筆ができるという状態こそは、この〝患者〟にとって数値よりも確かな健康の指標であった。

医学は尊いが、自分には合わない、不要な、しばしば危険な指令が出されることがあるので、病人も健常者も一定量の警戒心をケイタイする必要がある。

ここ数十年間の日本における卵の運命は医学的知見のはかなさを語っている。コレステロールのあつかいは、猫の目のようにどころか、猫が目をまわすほど変わっている。この変化《へんげ》の犠牲の一つが卵である。コレステロールが多いから一週間に一個、人によっては二個までと教える医事評論家たちがいた。これが常識になった。数多くの実験で卵が無罪になり、今は卵はぬれ衣を脱いで晴れればれと食卓についている。

素人は、毎日卵二つ食べて機嫌よくすごせるなら、卵は自分にとって善玉の食物だと思えばいい。自分の個性に従うことが自衛であり、玄人の科学的一般論という個性抹殺処置はいたるところ――病院、テレビ、ラジオ、新聞、本――に設置されており、自分の命の個性を守らないと自分の命がいびつになってしまう。

一般論は重要であり、その恩恵を受けている者は多い。しかし、個性や個人的条件が、一般論という網を喰い破って出ていき、当座の医学的常識の外側で放し飼いになっている人生では、生きる総力がのびのびと発揮される。自分の命を自由放任している者は、その楽園へ致命的な病魔が侵入してこないかぎり、健康守護のストレスと無縁だから、大変お得な人生をおくれる。

2　一〇五歳まで

著者が良く知っている某氏の昼ごはんは、バナナ三分の一、硬いコッペパンの五センチほどの切れっぱし、それより小さなチーズ一切れである。毎週一回一年間いっしょに昼食を食べたが、いつも同じ少食粗食であった。しかもこの人は激務についていた。片手にのるつつましい食事がこの人の天食だった。なぜなら一〇五歳まで生きたからである。しかも呆けなかった。寿命は総合成績だから、この人は正しく、つまり、自分の個性に忠実に食べたのである。

これは必要なものを欠かさずまんべんなく摂るという正しい食生活のはるか遠方にある。一〇五年は、科学の一般論より個性の方を上位に置く生き方の勝利を表わしている。

全く別の人間が一〇五歳につられて、これをまねしたら干物になるかもしれない。

個性的に食べるとは、好き勝手にやるという食の無政府主義とはちがう。知人の某氏は、毎日強い酒を飲み、出張のさいには汽車の中で時刻に関係なくウィスキイをらっぱ飲みした。もう一人の知人は、晩酌で十分に飲みながら、夜中おしっこに起きるたびにウィスキイをゴクンと飲む。水で割るなどというのはこの二人には邪道であった。二人とも定年はるか前に食道癌で亡くなった。飲酒は二人の命の個性に逆らっていたのである。だから、強い酒は割って飲みなさいという万人むきの医学的忠告がこの二人には合っていた。

己れ自身を知れ、が食生活の基本である。

百寿者たちのほとんどは、栄養学が何を訴えようとも馬耳東風で生きてきた人である。彼らが長生きの秘訣としてあげるのは、よくかんで食べる、何でも食べる、くよくよしない、など拍子ぬけするほどあたりまえのことである。つまり方法など無いのである。

この単純素朴さが命には快かったのだろう。おかげで命がすなおに活きつづけたのである。異種もある。例えば、やなせたかしは熱心な人工的管理と世話で病身を動かし、九四歳まで現役であった。サプリメント有害論など全く通じない例である。素朴な野人的生活様式に変えれば、おそらく、八〇歳までもたなかったと思われる。

これもまた個別化の重要な証しである。

健康とは自分の体と心の個性がのびのびすることによって、命が活き活きすることである。

昭和の浮世絵師歌川豊國の父は胃癌で亡くなった。自分も四五歳で胃癌を告げられる。癌は胃全体に散らばっていた。父親は手術後二年で死んだ。息子は手術より体力を養うほうがいいと判断し、松茸を食べることにした。

「なぜ『松茸』かといいますと、まず第一に、匂いがいい。しかも、舌に美味しい」（歌川豊國『96歳の大学生――やりたいことは、まだまだある。』）

「これは私の独断で、お医者さんに相談したことではありませんが、人間の体が欲しているものは、喉が乾いたときに水が欲しくなるように、自然に体が要求して食べたくなるものですし、魚でも野菜でも美味しく感じられると思うのです。

逆に、美味しくないものは食べたらいけないという証拠です。美味しい、匂いがいいということは

食べなさいという神様からの指示だと考えたのです」（同）

手術で胃を苦しめるよりも、美味しい松茸で胃を楽しませる自己流の戦術で養生し、一日三食とも松茸付きである。一カ月後の検査で癌は消えている。その後の数十年間癌は再発しなかった。そのおかげで九六歳で大学に入学し、人生の最終段階を学生として生きた。

松茸に抗癌作用がある。しかし、医学から遠く離れて松茸を楽しむという方法は、胃癌患者の参考にはなるが真似は危険である。命の事情が人によって千差万別だからである。

3　胃と心のままに

ある画家は朝昼晩
山海の珍味と
ウィスキイ、ブランデー、ワイン、ビール
さらに日本酒、中国酒
この憂いなき胃袋の持主が
好きなものを好きなだけ好きな時に
楽しんでいるあいだ
死神の奴

その食べっぷり飲みっぷりを
ほれぼれとながめていたので
出番を忘れ気がついたときには
獲物は
九七歳一〇カ月になっていた

ある病弱な医学者は
一日に二回食事すると体が劣化し
玄米菜食の朝食一回にしたら
体が喜んで仕事の体勢に入り
塩砂糖ぬきで油なし
肉魚酒えんなしで
文化勲章付きの大きな仕事を残し
自分で決めた人並みはずれた食事政策が
身体への暴力でなく
自分という自然にぴったり合って
活動に満ちた九三年三カ月を生きた

ある作曲家は「在るがまま」に
自分を放ったらかしておいたら
多煙多酒多食
体内にうごめいている反養生訓的欲望に
好きなようにやってもらったら
人生一〇二年一カ月という結果がでた

一滴も飲まないで
あるいは
浴びるほど飲んで
あるいは
鉄則にそって
あるいは
無政府主義的無頓着で
いずれも命の個性にすなおな似た者同志
皆さん、自分の命の個性に
従う勇気がありますか

第二話　「これでも私は学ぶ」――老人ゴヤ

1

一八〇八年フランス軍がマドリードに侵入し、それに対して民衆は棍棒や鎌や鋤で必死に抵抗した。侵略者たちの残虐さと民衆の残酷さを後世はゴヤの作品で実感することになる。

一八一三年フランス軍は敗退し、一八一四年亡命していたフェルナンド七世がマドリードに帰る。伝統的保守反動の統治、政治が強化された。

ゴヤは憲政派である。王ではなく憲法が支配する国をつくりたい。これだけで身の破滅になる。フェルナンドは、異端者を火炙りにしてきた聖務省を再開させ、自分がその最高責任者になった。異端審問が再開されたのである。フェルナンドとゴヤは政治的に両端であり、王の心一つでゴヤは消える。

ゴヤは消えなかった。とどのつまりには、ゴヤの誰もかなわない力量がゴヤを救ったのだろう。王は賢王とはほど遠いおそまつな男だが、ゴヤの値打ちは分かっていたのである。

三五年ほど前、四六歳で耳が聞こえなくなり、ゴヤは身体障害者であった。同病のベートーヴェンとちがって画家だから立派に仕事ができるが、ゴヤの命の時間が底をつこうとしていた。

死の戸口にいる自分の姿に、その老醜に、たじろいだかもしれない。外見だけではない、視力の衰えを口にしているのは白内障のせいだと思われる。老人になると、頭がふらつき、足がぐらつき、目に霞がかかる。

ゴヤは人間学の巨匠である。国王から聖職者、魔女まで、人間の卑しさ醜悪さを強烈な自分流で絵や版画によって暴いた。王族の肖像を描くさいにも、その知的水準の低さ、人間の小ささを暴きだしたゴヤは、老いた自分に対してもようしゃしない。鉛筆画でその老醜をさらけだす。八〇歳前後のゴヤの頭を乱れた白髪がおおい、足がたよりないので杖を強くにぎりしめている。坐っている姿を描けば杖など無くてすむのに、先が短い自分のはかなさを伝えるには一人立ちできない姿を見せる必要がある。杖をとりあげたら、この老人は二、三歩行っただけで転倒し骨折するかもしれない、と絵は観る者に教えている。

なぜこのようなしろものをわざわざ作ったのか。絵につけられた賛がその訳を説明する。

「これでも私は学ぶ」

「これでも」は、命の深い河が今では浅瀬になり、ゴヤがそこで二本の杖と二本の足で自分を支えている老いの状況である。ここで、老いた巨匠として重々しく最後の一筆をいれるのではない。学ぶという原初の一歩からずれないように手に力をこめて立っている。何にもしないで立っているだけでも、高齢者には一つの行動である。若者の歩行と老人の静止は等価である。

命は齢と共にみがかれる。命は若者が想像もできない輝きを、能力を手に入れ、そして、薄くなる。老いたか細い命は、みがきみがかれた命である。そこへゴヤは始まりの力を招きよせたい。それが

フランシス・ゴヤ《これでも私は学ぶ》 1826 年　プラド美術館

「これでも」という反撥力である。老いたゴヤは坐らない。そのために二本も杖をついている。

最後にゴヤが移り住んだボルドーの医師たちは、ゴヤが「膀胱の麻痺」におそわれ、会陰部に大きな腫瘍ができており、治すことはできない、と報告している（一八二五年五月二九日）。高齢からくる衰弱で国王の使用人でありつづけるのは無理というより飽きたのだろう。ゴヤは王室からの引退を国王に願い出る。このさい条件を出している。宮廷画家としての俸給を引きつづき受ける、つまり、現役時代と同じ額の恩給を与えてほしい。（一八二六年五月三〇日）

王室の官僚たちは、この要求どおり支給することを王に進言している。なぜなら五〇年以上も王室に奉公したこと、および、八〇歳の年金受給者を「自然の摂理」が間もなく消してしまうのは明らかで、大きな財政的負担にならないからである。王が払うのはせいぜい二年のはずである。値切ったりする必要はない、人は必ず死に、老人は間もなく死ぬ。この自然の掟に財布をまかせたらすむことである。経済的に安定したのに、ゴヤは、銅版画よりも儲かりそうな仕事を始める。

「もっと身入りのよさそうな構想を抱いているところです。実は昨年の冬、象牙に絵を描き、この試みが四十枚近いコレクションとなったのですが、これらは私が一度も目にしたことがないような独創的なミニアチュールで、細部にいたるまですべてが、メングスのそれよりもベラスケスの筆触に近いものに仕上っているからです」（一八二五年十二月二〇日、大高保二郎、松原典子訳）

新しい試みとして象牙に黒い色をぬりその上から描いた。これが宮廷画家メングスよりも巨匠ベラスケスの作品に似た名品で、しかも、独創的だと自画自賛している。これは単に新しい分野の開拓だけではなく、儲かるはずの仕事だと意気ごんでいる。老人における金銭に対する欲望は、生との強いつながりを示す。体はたよりないが、しっかり生きている。だからお金も欠かせない。病気が突然ゴヤを倒すこともあるが、回復するとすぐに仕事を再開する。老化がこれでもか、これでもか、と、弱った命を引っぱる。ゴヤは「これでも」働く。衰弱が自分を狭めていくが、ゴヤは、例えば、象牙に描くという新しい仕事で自分を拡げていく。新しいことをやるとは「学ぶ」ことである。

肉親もボルドーの知人たちもイスパニア王室もゴヤが間もなく死ぬことを知っている。街でゴヤの姿を見た者はまぢかな死を知る。自分の近い死を皆が知っていることをゴヤも承知している。鉛筆で描かれた自画像は、自分だけでなく、《知っている》に対しても与えられたのである。

ゴヤは、ボルドーでも家族と一緒に暮らすことができた。孤老ではない。しかし、老化も芸術も孤である。女中兼愛人であるレオカーディアも息子も娘も「これでも」とは全く無関係の他人である。だから、「これでも私は学ぶ」という絵と賛がゴヤ自身に必要であった。自画像の鑑賞者は作者であり、この小品は作者のために作られたお守りであり、ゴヤは間もなく死ぬという噂からの厄除けも兼ねていた。

老いた病人は、「学ぶ」という慣れ親しんだ工房へ杖で向う。耳の聞こえないゴヤには、死神の足音は恐くない。死神はしばし足を止め、老画家は、そのすきに作品で生きることができた。死と生との間に空白期間は無かった。その証しが「私は学ぶ」の実行であった。

版画と彫刻の芸術家浜田知明《ちめい》は、九〇歳をすぎてから転倒し骨折した。高齢者を襲うありふれた災難だが、その結果はあざやかな個性のたまものである。退院すると、杖をつく新しい自分がいる。いよいよ人生も終りか、と思うのではなく、三本足のこの自分を作ってみようという意欲にかられる。自刻像「杖をつく男」の作者は、「年をとることを老醜とだけ見るのではなく、枯れてゆく美しさもまたあると表現したかった」と語っている（朝日新聞二〇一三年十二月一六日）。「枯れてゆく美しさ」を自分に見出す九五歳の彫刻家は、杖をついたゴヤと異質のように思えるが、自分が枯れる美しさを彫刻で創造することによって、ゴヤの自画像「私は学ぶ」と合流する。九〇年以上働いてきた使い古した手は思うように働いてくれないが、「これでも」自分は働く。なぜか。「美術家としてものを作っている時こそ、生きていると実感する。作っていないと生きていてもしようがない気になるんです」（同）

浜田知明は、死と現役期間との間にすき間をつくらない、つくれない種族の一人である。老残、老醜、老衰という「これでも」が、「私は学ぶ」の学習環境である。杖をつく自刻像を作った、この日本の芸術家はゴヤ型の老人である。

砂漠の地下深くに豊かな水脈がある。深く深く掘れば井戸を作ることができる。カサカサの表面の上だけで暮らす老人と、井戸の水を飲むことによって地下深くから昇ってくる水の命を味わう老人とでは、生き血の量がちがう。

創作なしでは「生きていてもしようがない気になる」浜田知明は、この水を飲まずには生きている気がしないのである。老年という砂漠を掘らなければ、乾燥地獄になり、そこでは口の中も皮膚も心も干からびていく。他人は掘ってくれない。掘ってくれても意味がない。深層水は掘る当人しか飲めないからである。なぜなら、掘るという仕事に引きつけられて水が昇ってくるからである。掘る人だけが水を飲み、作る人だけにその水の味が分かる。

ゴヤは、両手が杖でふさがっても、地の底の水脈とつながっていた。水が飲めなくなったら、家族は食事も与えず死を待つ、という昔の習慣は合理的である。水と無関係になった時、人は生に背を向けたのであり、背中に向って水と食べ物をさしだす必要はない。砂漠の底から水が昇ってこなくなれば、作る、働く、動く、歌う、考える人もまた生に背を向け始めたのである。

紅葉が後期になると、寄る年波が膝の上までくる。人工の年齢の始まりである。

スフィンクスは、足が多いと体力は底をつき、歩く速さが最低である存在、あるいは、朝に四本、昼に二本、夕に三本の足で歩く存在は何物か、と謎をかけ、答えられないとテーバイの市民を殺した。ところが、総入れ歯、杖、車椅子等々の人工補助用具ができて、その支えを使う人工の年齢の老人があまりにも多いので、スフィンクスは夕に三本で人間の老人を表わすことが今では不可能である。

足もとを波が洗う間は用心すれば杖なしで歩むことができる。しかし、上半身めがけて上ってくる年波が足の自由を奪い、背後からかぶさってくる波の形にあわせて背が曲がる。杖は二本に増える。スフィンクスが二つ杖をついているゴヤを見たら、夕に三本、深夜に四本で歩く者もいると、謎に注をつけただろう。

ゴヤは〝深夜〟の仕事場へ向いつつある自分を描いたのである。行人の図である。行った先で杖以前より豊かな仕事ができる保証はない。創造の森をきずいた、以前の自分に、砂地を行く自分が勝つことはできない。しかし、勝負は全くの問題外である。まず行くこと、これが人生における紅葉から落葉へ変わろうとする時期の活動である。行人には行くことと死ぬことの間にすき間がないので、生きているうちに死臭のするすき間風にあたる、という有終の醜とは無縁である。

2

フランスの社会主義的労働運動の指導者であったポル・ラファルグは、衰えつつ生きるべきではないと考え、七〇歳を人生の終点だと決めた。彼の妻は、カール・マルクスの娘ラウラ・マルクスである。六九歳のポルは、七〇歳の限界があと五〇日ばかりにせまった一九一一年十一月二五日、妻と共に自殺した。妻には七〇歳までまだ三年あったが、同志である夫と思想的心中をした。一〇日後、十二月四日『ユマニテ』は、ポルの手紙を公表した。「すでにもう四五年も身をささげてきた事業が勝利するだろうという、喜ばしい確信をいだいて、私は死にます。共産主義万歳！　国際社会主義万歳！」

元気で頭脳健全なラファルグ夫妻は、人生から勇退した。病苦で命を断つのは人生からの敗退である。もちろん、敗退にも合理性はある。オランダでは、一定の条件をみたせば「生命の自発的終了」を可能にする致死薬入りの食物を医師から受け取ることができる。命を絶対化しない。国が安楽死という自殺を手助けする。ラファルグ式の終結方法は、この問題を前もって根こそぎ絶つのである。

勇退も敗退も共に寿命自決権の行使である。二一世紀はこの方向へ傾斜していくだろう。

ラファルグは、人生を独立独歩できるあいだに、寿命自決権の完全な行使が可能なうちに、最終決定した。

勇退と人工の年齢とは両立しない。しかし敗退の前に人工で武装することはできる。勇退と敗退の中間点に仕事場を設けるのである。

青春は森で、何も持たないで歩くのは楽しい。老年は荒野である。不安と心配と恐怖の三匹の獣に会う危険性に満ちているから手ぶらで通り過ぎるのは、楽しくない。落ちつかない。では何を持つのか。

ライオンの歯が抜け足も弱ると、獲物が小さくなり、さらに老化すれば、弱い小動物が目の前で遊んでいても手だしできない。人間の場合、歯も足も頭もぐらつき、野生動物なら狩からの引退で死を待つ頃でも、入れ歯、杖、めがね、車椅子が、狩人もどきの体裁をととのえてくれる。

老いた不完全人間は、人工の年齢に入ったのである。老人には二種類あって、人工の助けのほとんど要らない極く少数派とそれなしには日常生活が不可能な圧倒的多数派に分かれる。この違いがあっても両者はともに老人として生命力失調症にかかっているから、一人立ちできる者が杖にたよるようになるのは時間の問題である。

サプリメントも含む人工で必要以上に武装して安心する老人もいれば、一切の非自然を拒否する古典的老人もいる。高齢で生きるのを不自然だと拒否する立場もある。これは天命への反逆であり、老いて天命に従うという大多数と全く逆を行く。

ラファルグ夫妻にとって、老年は命の本土ではなく、老残の付属地であった。二人は杖をついて付属地へ移住するのを前もって拒否した。しかし全くちがう老人も少なくない。

宇野千代は九五歳で、人生がすっかりおしつまった頃に色紙を書いた。

「この頃／思うんですけどね／何だか／私／死なないやうな／気がするんですよ／はははは／は」

（宇野千代『私　何だか　死なないような気がするんですよ』）

彼女はこの後三年生きて九八歳で亡くなった。

「百歳近い今は歩くのも不自由になりましたが、いざとなれば車椅子だってあると割り切っています。何よりも、毎日のごはんがうまい」（同）

車椅子という人工は、「ないものねだりをして、老い、を嘆かない」（同）という、仕事人間にとっては老いの自然な切り抜け方である。「ないもの」とは自然としての自分の体である。高齢になると膝の軟骨は激減する。軟骨復活を望むのでなく、杖をついて「老を嘆かない」。杖の後には車椅子がひかえている。歩行困難なら手術で関節を付けることもできる。人工関節には血液が流れていない。人工免疫力などありえない。感染症にかかったら一大事である。人工は自然の代わりにはならない。人工のこの不完全性が、生身の体の不自由さとともに老人を不完全人間にとどめておく。

この不完全性の中で「ないものねだりをしない」仕事人間はそれ相応の仕事をする。この不完全性こそがゴヤの「これでも」なのである。

ゴヤの杖に象徴される人工性は老人文化の常備品である。この文化の活動分子でありつづけるために気軽に使えばいい。

すべての老人が紅葉を誇るわけではない。紅葉しない人生の秋をむかえる者も多い。山の紅葉とちがって、人生の紅葉は人の手であざやかに染められていく。

ゴヤの老醜をさらけだした鉛筆画には、まれにみる独特の美しさがある。紅葉の美は多種多様で、しばしば世間的には醜の中にひそんでいる。

3

人工を取りあげたら老人文化は消えてしまう。仕事をしない老人も車椅子によって生活をより広く、動的に、明るくすることができるので、この人工の補助具は大きな社会的意味をもっている。齢と共に個のちがいと能力の差が大きくなる。青年にくらべて老年の多様性、不均等性はきわだっているから、人工の手助けが要る者と要らない者に分かれる。

死ぬまで杖なしで動きまわる年寄りもいれば、電子機器を備えた車椅子で仕事をする学者もいる。人生の晩年には生と死のせめぎあいが激化する。活動する老人では、生がせっぱつまって濃縮するから、隣人になった死神との闘いで息もたえだえになることもある。ここから生みだされる産物、作品、収穫は、半世紀後に車椅子に乗る今の若い創り手たちを圧倒することがある。

首席宮廷画家として大作、力作を創りつづけた創造者ゴヤにとって、老年は人生の本土ではなく、命に新しい支えが要る苛酷な植民地である。だから不自由な体を描いた鉛筆画は自賛であり、彼の肉体的不完全性の記号であった杖が、「学ぶ」うちに「私は学ぶ」への強調符！になっていく。

人工の年齢という長くない時間帯が、本人の人生に対する立場によって、工房の一すみになる。仕事部屋でゴソゴソしている老人とは逆に、安らかに眠っている老人は多い。寝床と仕事場のどちらが、高齢者にとって自然な居場所なのか。

この点で自分の場合を語るのは自由だが、他人の場合を非難する権利はない。仕事で苦労するより、ひょっとしたら無為こそは終末の道中にふさわしいかもしれない。しかし、これは爽やかな毎日を保証するわけではない。

ストレスなしの、仕事なしの空き部屋で安楽椅子、スリッパ、クッションなどが与えてくれる物理的安らぎの中で老いが憩う時、死に至る倦怠の虫が、理想的な宿主を見つけて脳へ心へもぐりこむ。体内も脳内も動きがないから、追いたてをくらうこともなく、この虫たちは安らかに居候できる。

人生からの解放を望む者もまだ望んでいない者も、安楽椅子の上でともに死を待つことになる。他に仕事がないと、人生の失業者は待つ、待ち受ける仕事を運命から受け取る。運命の直接支配下で無為の老人たちは死を待つだけの待機老人になる。待機老人には、ゴヤの「これでも」は異界の光景である。

「これでも私は学ぶ」は、後期紅葉期における命満開の光景である。この花は、秋風にゆれながら、次に全てを散らし枯らす寒風が襲ってくるのを承知の上で咲く。墓の中で遺体が骨だけになるように、自分も枝だけの骸骨になることを承知の上で、ゴヤは、マドリードの元市長や孫マリアーノ・ゴヤの肖像画を描き、《ボルドーのミルク売り娘》で画家としての力がつきた。人生最後のこの作品は、自分の対極である若い命の新鮮さ、全身が命の祭である時期の女性をとりあげた。老人の羨望を描いて、

フランシス・ゴヤの絶筆《ボルドーのミルク売り娘》
1825-27年　プラド美術館

ゴヤは筆をおいたのである。

4

老年という古陶器にはひびがはいりやすい。線が浅く短いあいだは、中に入っている命の水はもれない。老化が器を圧迫し、内へ、裏へ線が走りだす。高齢になるとクモの巣もようになる。水はにじみだし、器の全身が汗をかく。中身は確実に減り、やがてしずくの音が聞こえてくる。もれる音、落ちる音が生の終幕の伴奏になる。

何をしても、大きな創造行為にうちこんでいても、常に全ての仕事がこの低音の深い重いポタポタの中で行われる。低音は死ぬまで止まないので音楽用語そのままに執拗低音《バッソ・オスティナート》である。

高齢者、重病人、高齢の重病人、人生におけるこれら弱者のうちの少数者は、生老病死という人間の条件が楽譜となって執拗低音を重く静かにかなでるなかで、人生の仕事という自らの人為的高音部を創りだす。

この音楽家は、蟬のように、歌いかなでることに命を費やすので、命が無くならないうちにという思いが高音部を緊張させる。死神が低音部に加わって弱音で伴奏する。老人が、小品であっても少数であっても、若者とは異質の成果をだすのはこのおかげである。

老年で、人生から死だけを引きぬいて、観念と神経の場でそれと一騎打ちすると、死界からの使者は楽器を捨て鎌をもって身がまえる。この決闘は命、つまり残り少ない時間の無駄使いになる。老人の力を死との親密なつきあいに浪費すれば、生命力が赤字になる。命をこき使ってもいいが、死の準備という命の無駄使いは命とりになる。

死を人生計画の参考資料にするのでなく、たんに恐れるだけというひま人は、死の前の時間を死神の影の下ですごすことになる。万物は、終りと消滅によってしめくくられる。この単純さに従って動いていれば、自分の死も日没の自然さを獲得する。

足取りが確と定まらずよろめけば　この見苦しさに立ちすくみたり（宮英子）

杖にたよっている九〇すぎた歌人の「この見苦しさ」がゴヤの「これでも」である。ゴヤは死との隣接状態である「見苦しさ」を人工の年齢の反撥力にしているから、「立ちすくみたり」をゆっくり追いぬく。

ゴヤには、死への花道を歩くために花を買いに行く必要がない。「学ぶ」という常の仕事場がある日、突然、死への花道に変わる。「学ぶ」と縁が切れた者は、他人に造花を投げてもらい、死に人工の飾りがつく。

フランシスコ・ゴヤは、たぐいまれな大才に恵まれ、一八―一九世紀人としてはまれな八二年二週間の長寿者であり、「これでも私は学ぶ」と書かれた自家製の旗の下で紅葉期の終幕を生き、最初の落葉と共に死んだ幸福な少数者の一人である。

第三話　レンブラントの二つの顔

1

その頃、著者は、政治警察のこっけいな勘ちがいから、一日も休まずに尾行され、公衆電話まで盗聴される状況では、ロシヤ皇帝の冬期の宮殿であった広大なエルミタージュ美術館を逍遥するのは心の解放であった。尾行者は館内に入らず出口で待っているらしい。経験から尾行者はたやすく分かるが、館内で気づいたことはない。

第二五四室で、強烈な光を放っている絵にひきつけられ、近よってみると、レンブラント《降架》とロシヤ語の札がついている。十字架からキリストが今まさに降ろされている。

奇妙な降架図である。この絵の中心は、キリストの遺体ではなく、それを抱きかかえている男である。しなだれかかる死せるキリストの下半身をしっかり受けとめている青年が、キリストと一体化して絵の主人公の座を占めている。この晴れがましい役を演じているのはレンブラントではないかという思いが頭を横切った。一人の若者がそれをろうそくで照らしている。強い光はそこからきていた。この二人以外の人物は、うすら闇の中でそれぞれの任務を分担している。この作品が作られたのは一

レンブラント工房作 《降架》 1634年 エルミタージュ美術館

六三四年、レンブラント二八歳の時である。この絵はレンブラントの直筆でなく、レンブラント工房作である。

レンブラントは、この年レーヴァルデン市の市長の娘サスキアと結婚し、体力と創作意欲に満ちていた。工房をかかえて何年目からか弟子に描かせ、しかも教えて授業料をとり、自分の作品以外のレンブラント工房作をあたかもレンブラント作とあつかってしっかり稼ぎはじめた得意な時である。彼の生涯においてこの頃は、人生の幸運がたわわにみのっているみずみずしいぶどうの房であった。《降架》の中で死せるキリストを受け取る、キリストとの共演者に仮に起用されても不思議でないほどの人生の支配者であった。

しかし、たいていの名場面が人生においても歴史においても一瞬であるように、男は、地面に敷かれた布の上にキリストを寝かせるや、うす闇の中にたたずむ群れの中へ消えたのである。

隆盛の勢いが強いと下降は急速になりがちである。

収入が多く美術品を派手に買い、金の使い方は豪快で、いきおいにまかせて邸宅を借金で買い、この返済の重荷が、どうやら、この人気肖像画家の背を一撃し、経済的どん底へずり落ちていく。今にいたるまではっきりしない理由で、妻の家具を除いて全てを競売にかけた。法的に破産者と認定される恥辱と不利益をまぬがれるために、先をこして自ら破産者になった。レンブラントは自発的に競売することによって裁判所によるもろもろの権利の剝奪をまぬがれ、自分の名誉は守られた。そうでなければ、聖ルカ同業者組合から除名される恐れもあった。自画像を描くための鏡まで競売にかけられることになったが、画家の商売道具――絵の具、絵筆の類いは除外された。絵画への道はとざされなかった。巨大な鳥レンブラントは、競売で全身の羽がむしりとられるにまかせたが、翼だけはまぬがれた。その代わり家も人手にわたる。

ユダヤ人が多く住む貧しいかいわいローゼンフラハト街へ一六六〇年十二月に移り住んだ。小さな家を買う力はもはやなく、住むのは借家であり、しかも家賃がとどこおるような暮らしである。半生の蓄積をごっそり失った不幸者は原初の体勢に復帰した。円が閉じられるように見えるが、決して円にならない。円の始発点と今の地点とは高度がちがいすぎる。この高い位置こそはレンブラントの人生における有終の美が作品となって実を結ぶ場となった。五〇―五二歳での破産が人生の紅葉を準備したのである。

事実上破産したレンブラントに対し、聖ルカ同業者組合は自作の売買を禁じた。借金もまだ残っていた。亡妻サスキアの墓も売った。この敗残者は、人間が大きいので、大きな失望も致死量に達することはない。

レンブラントの後半生は寒かった。マウンダー極小期（一六四五―一七一五）と呼ばれる寒冷期に、レンブラント三九歳から死の年までの二四年間がすっぽり入る。自画像が厚着しているのはこのためである。ふところの寒さと老化と寒冷化が手を結んで進行する。

一六六〇年から六九年まで人生の最終期、ローゼンフラハト街から出ることはできなかった。女中であり同棲者であったヘンドリッキエは、レンブラントと不倫関係にある、と教会に断罪され、正妻になれなかった。この「妻」が死に、一人息子ティトゥスも結婚したその年に二六歳で亡くなり、一六六九年、六二歳から六三歳にかけての人生最後の年、自分自身が死の戸口に立っているレンブラントにとって、この二つの死は拷問であった。息子の死後に孫娘が生まれ、絵筆をにぎる祖父レンブラントの腕は、孫と嫁と娘コルネリア、この三羽の小鳥たちの止まり木になった。

エルミタージュへくるたびにいつの間にか一つの絵の前にたたずむのが習慣になった。数十回見つづけてもこの絵は慣れを拒否する。

近親者を失い、自分の死がせまる一六六八―六九年、レンブラントは《放蕩息子の帰宅》［カラー口絵①］と生きた。

人と物とを失うと、彼は、より深く自分の中へ入りこむ能力を手にした。これは自画像制作の条件である。以前にも聖書の放蕩息子についての寓話が作品化されたが、それらには死が近づいた頃の作品とはまるで他人の作かと思われるほど、人間把握の深浅に救いがたい違いがあり、この寓話のあつかい方が全くちがう。長いあいだ家を出て、死んだも同然であった息子を迎える老いたユダヤ人は、息子ティトゥスの帰宅、よみがえり、というレンブラントの夢のようにも思われる。老人はなぜこのように静かなのか。狂喜と笑顔の代わりにおごそかな沈黙があるだけで、老いた父親の歓びと安堵を伝えるのは息子の肩におかれた手である。おそらく老人にさけられない白内障が視界をとざし、父親は両の手のひらで、死んだと思うことにしていた帰宅者の生《なま》の存在をたしかめている。それは手から心へゆっくり伝わっていく。深い感情が無言で表わされる。その感情があまりにも重いので、まわりの者たちも騒がず、動かず、老人の静けさの無声の伴奏者になっている。聖書では父親は放蕩息子が歩いてくるのを見て、狂喜して駆けだした。レンブラントは、自分の心に従って聖書を改作したのである。

中心に居る老人にすでに死が宿っているから、絵の全世界が老人の心の静止に近い。「よみがえった者」息子とは逆の方向へ向っている老父と息子との合体が、生と死の交代を暗示する。このような交代劇もまた静かなものである。

羊を屠《ほふ》り、これから宴がひらかれる。もしレンブラントが戸口での出会いの代わりに喜びであふれる宴席を描いていたら、動と騒が主調になり、息子の死体が横たわるこの時期のレンブラントの心象風景とはかけはなれた光景になっただろう。息子がよみがえることはないから作者レンブラントは、老人の静の世界の同居者である。父親とレンブラントとの間近の死が画布をはさんで向きあっている。親子の再会を宴で表わす心境にはなかったはずである。戸口での無言の再会は、レンブラントの創作である。

レンブラント学の外側に坐って、この絵との数十回の対面から生じた著者の心の中に在るこの絵の心、著者の想う心について語れば、この絵はレンブラントの心象絵画である。画家にとってこの頃の最大の心的激動は、心から可愛がり大切にしていた、自分より三六歳も年下の息子が死んだことである。まず自分が死ぬはずなのに、「妻」ヘンドリッキエと息子ティトゥス、この若い二人に先を越された。前途が空白になった老いの途上で、レンブラントは《放蕩息子の帰宅》と生きる。

息子は父親に顔を向けているから、後頭部と背と足と靴が息子である。息子には顔が、表情が省略されている。なぜなら、レンブラントは彼を主人公から脇役へしりぞけ、父親を主人公にする必要があったからである。

背をむけている息子は歌舞伎の黒子に似ている。観客の知らない何かをしている。彼は主役を支えているのである。息子の顔の代わりに父親の顔が、自然に世界の中心になる。二八歳、聖ルカ同業者組合に入り、職業的画家として本格的に仕事を始め、家には新妻サスキアがいる。この得意な時期、彼は、自分を放蕩息子として描いた。人生の盛時には死の影のさしている父親でなく放蕩中の放蕩息子こそが自分にふさわしい。

しかし、今は正反対である。父親こそは自分である。

絵の中の父はレンブラントとは逆に、息子の命を受け取った。老人は退場をひかえ息子は正式に入場する。まもなく起こる一つの死を新たな生が帳消しにする。だから世界の帳じりが合う。作者レンブラントにはこの交代の幸福は無い。この不幸者にめぐまれるのは創造の幸福だけである。

死神がすでに生《なま》の顔に入りこんでいるので、この交代の状況下で老人は、白い仮面かと思われる顔でつかの間だが老いた手で若い息子の命に触れている。画家はこれによって「帰宅」を表わした。これほどの顔をもった名画は、この広大なエルミタージュ、名作のこの森の、おそらくどこにもない。五〇回ほどこの美術館に通ったが、それに近い顔すら無かった。

老いた父親のやせた面《おも》長の顔は、レンブラントの骨格とは全く別物だが、著者には、レンブラントの精神的自画像の変種だと思われる。老人の顔には、死の影が斜《はす》にさしている。晩年をささえてくれる二本の柱が崩壊したので、レンブラントは死と同じ底辺へ落ち、ここで父親の白い顔を創ったのである。老父の顔の創作だけでも人生の不幸の穴埋めはできている、と言えば、芸術家レンブラントへのなぐさめになるだろうか。

財産が消えたら、人生が色づき始めた。

2

創作が衰えれば一方的に死へ追いつめられていく老いた創造者にとって、死は反創造なので、良く生きていることを肉体と心で確かめるために創る手を休めることはできない。

創造は生の不安を消す。創作活動がとぎれると、画家も作曲家も哲学者も持病の薬がとぎれたように落ちつかない。創造の幸福は、不滅の作品を、自分と無関係な死後に残すことにあるというよりも、創っている過程そのものの中にある。死後に残る力をもつ作品の創造の意味は、そのような大きな仕事の過程が小さな仕事よりも創作者の生を深く掘りおこし、命が死の想念の入るすき間もないほど大きく回転することにある。だから創作者は、半ば本能的に残る作品をめざす。

仕事で社会的名士になり、まだ生きているのに引退した者は、産卵後の鮭である。これに対して、呼吸と仕事とを分離できない人間がいる。これが本物の職人、芸術家、音楽家、学者である。

老人に、お元気ですね、などとほめてはならない。創ることによって生きている老人には、あなたは老人ですねと言われたのと同じである。一〇年後の計画をたずねる方がいい。たとえ一カ月後に死ぬのが分かっていてもである。なぜなら、創り手は、本能的に死を超えて計画をもつからである。

日常と死との境界線で描かれたレンブラントの自画像を複製画で数十回ながめた後に、そのうちの

代表作の原画がマウリッツハイス美術館から神戸市立博物館へやって来た。〔カラー口絵②〕

絵画における原画と複製は、音楽における生演奏と録音にあてはまる。音楽会では生身の演奏者の存在が波となって生身の聴衆の心と体に伝わる。

最初の印象は、印刷物とのちがいでなく、実物のもつ清潔さである。缶入りの飲物でなく、天然水である。絵の重さとは別の、このすがすがしさは、もちろん、鑑賞者の極めて主観的な反応である。これは、理屈ぬきに発生し、ながめる自分から出たのでなく、絵が放っている力への反応であった。

至近距離で向きあう。三百年以上たっているこの古画には、古木のコケのように黒カビが出ている。額ぶちの中に居る老人は、枯れ木状の年寄りでなく、ましてや翁ではなく、疲れている様子だが、顔はふっくらし、二重あごで、やつれてはいない。私生活の激動は止まった。下半身は絵に入っていないが、これはゆっくりと仕事用の椅子に腰かけている老画家の顔である。なぜなら、今、自分の顔を描いている最中なのだから。

絶望も悲観も六三歳の心に濾《こ》され、ただ心底で結晶化している悲しみが老いた顔にそれとなくにじんでいる。涙は干いた年寄りの皮膚に吸いとられている。

収税吏のおかげで荷が軽くなった。物の所有者も、時がたつと命の所有者でなくなる。自分用の必要物が軽量化するのはありがたい。物からの自由こそ老年の特権である。しかし、娘、息子の嫁、孫がいる。レンブラントは隠居ではない。一家の主人であり、稼ぐ必要のある現役の画家である。

レンブラントは、うち続く災難を運んでくる人生の荒波をあび、ぬれた全身に寒気が走っても、次の飛翔へ身がまえているからこそ、冬と老の寒さで厚着している六三歳の自分を、自画像用の鏡の前へひきだしたのである。この時代の六三歳は二一世紀日本の六三歳とは、死への距離が近いから、生の重みも悲しみも苦しみも異なる。

人気肖像画家としてのぜいたくな暮らし、名声、命の乱痴気騒ぎが止んで、人生の終幕が下りだし、ガランドウの舞台の中央で画家が鏡の中の自分を描いている。破産も老年も初めての経験だから、鏡に写っている今の自分の顔とも初対面である。

レンブラントは顔の研究者であった。人生の航跡が最も鮮明に残るのは顔である。破産以後の貧乏ぐらしももう何年にもなる。自分を描くとき、レンブラントは、顔に出ているその変化に、あるいは、老いの爪痕にたじろいただろう。そのどちらも画を深く人間学的に、つまりレンブラント的にする画材である。

自画像と同じ会場に他人である《老人の肖像》がある。著者はこの人物の素性を知らないが、ふくよかな血色のいい顔、死の影はまだじかにはさしていない。二一世紀人から見れば、まだ初老である。えりもとをはだけ、くつろいでいる老人は、何かに、おそらく、人生に人並みに疲れ、ため息をついた直後のような顔をしている。人生を支えている手の力を少しゆるめたような風情である。まだ力を保っているが、何かが遠くから近づいており、老人はすでにそれになかば気がついているらしい。この「らしい」という存在と不在との間を、名手レンブラントは容赦なく把んでいる。

「老人」はレンブラントに描かれ、レンブラントは自分を描く。仕事中の老人と人生から一息ついている老人とのちがいが二つの顔にあらわれている。

レンブラントの顔には透明な憂いが、朝日で消えつつある朝ぎりのようにそこはかとなく漂っているが、人生に頑丈な根を張ったままである。いや、活動している者には、老年は根の成長期なのである。木には死の影が淡い夕日のようにさしているが、虫に喰われ枝を失い沢山の傷がついていても、老いた巨木は悠々としているように見える。この悠々の芯には人生の変化《へんげ》からくる万感が渦まいている。鏡に映す能力がなければ、その仕事は画家の筆に託《たく》される。レンブラント級の芸術家の場合、自画像は鏡の像の模写ではない。鏡は、舞台にすぎず、演出も主演も画家が引き受ける。今、対面しているのは、レンブラントによるレンブラントである。

哺乳類では成長期が終わっても神経細胞の生産はつづく。老いても脳は条件しだいで機嫌良く働くのである。老年は仕事からの解放ではない。この生物学的贈物を開けもせず放っておくと、人生の最終期における命の居心地が極めて悪くなる。

レンブラントとは無縁な《老人の肖像》では、その居心地の悪さがかすかに始まっている。なぜなら彼はレンブラントではないからである。

貧しい街の一すみにある小さな家は、大邸宅居住者だったレンブラントにはきゅうくつだっただろう。しかし、鏡の前で自分を描くレンブラントには椅子の坐りごこちだけが大切であった。手もちぶさたで大きな安楽椅子に身を沈めるよりも、そまつな椅子に坐って絵筆を持つほうが芸術家の命には心地よい。

老いた創作者の静かな緊張が、終末の悲惨さを舞台の脇へ静かに追いやっている。この光景が、今、目の前にある老人レンブラントである。

レンブラントは、これまでさまざまな作品に自分を登場させた。その仮装は千差万別である。これ

レンブラント・ファン・レイン《老人の肖像》
人生から一息ついた顔。
1667 年　マウリッツハイス美術館

は自己主張という遊びであった。しかし、「妻」も息子も居ない今、レンブラントは着せ替えには興味を失った。自分の今の服を着た姿、人生が煮つまった今の顔こそは、自己探求という形をとった人間研究である自画像に最もふさわしい。鏡の前に在るだけの、そのままの自分は、今や巨匠レンブラント用の最良の画材であった。

老いた顔は人生の総括図である。これを分散させ、他人の衣裳を着せるなど愚かである。彼は生涯の重心である今の自分、自分の今を描いて消えるはずである。

レンブラントの自画像史は、工房作を除いて自分に代表される人間、その解明の具象化であった。齢と共に存在の重みが先へ先へとその重心を移していくので、老レンブラントの顔は重く、それは一編の古典的文学作品である。

マウリッツハイスの自画像の中のレンブラントには逃げ場がない。レンブラントの全存在がそこに在って逃げ隠れできない。もし死病が近づけばそれにとりつかれ、死神がやってくればそれに連れ去られる。

レンブラントは、この位置をずらして、近づく死の影に自ら入って、自分の内と外を眺める実験をした。レンブラントは、六〇歳過ぎから死の年までのあいだに奇妙な自画像を描いている［カラー口絵③］。ケルンにあるので原画は見ていないが、複製画を何枚か眺めて、この作品の中で異形《いぎょう》のレンブラントと対面した。

人生のほとんど全てがふっきれたのか、顔は斜めにこちらをうかがいながら薄笑いをうかべている。この老人は、下からではなく、ましてや上からでなく、斜《はす》に、何者か、世の中か、自分の人生か、おそらくその全てに向って冷ややかに居なおりながら笑っている。その場は狭くなる一方の老年という舞台で、登場人物は、死を背にすれば万物に居なおれる。これは老人の大権である。

ここに居るのは、古代の画家ゼウクシスに扮したレンブラントだと言われている。なぜ、笑い死にしたと伝えられているこの画家になって、そろそろこの世に別れを告げようとする作品にしたのか。誰も見たことのない古代人ゼウクシスになぞらえて自分の顔を描くのは不可能である。

この絵の老人は笑っている。五〇歳すぎたらうかうかしておれない時代、レンブラントは六〇歳に近づきさらに、それを過ぎてから、自分自身の生身の老体を舞台にして生と死の関係史の幕切れを劇化したのである。これは創作された擬似自画像であり、似顔絵がとうていあらわしえない深層をつかみだしている。ゼウクシスの故事は、この細工された自画像を作るための仕掛けとして利用されている。絵の核である気持の悪い笑顔は、〈あばよ〉と〈まだよ〉、老年における生のこの両端をあわせ持っている。高齢になると、人は〈あばよ〉と〈まだよ〉を行ったり来たりする。この振り子のゆれが止まったら、死神に把まえられたのである。この絵の老いた主人公は、〈あばよ〉とも〈まだよ〉とも共存している。

この老人の薄笑いは、まだ死なないよというしぶとさの中へ〈あばよ〉という解放の動きと願望、この世の放棄をしまいこんでいる。ゼウクシスの伝説的大笑いとは大違いである。

鑑賞者の心によって笑いの多面性のどれかが出たり引っこんだりする。自分の心に従ってこの絵は心変わりする。どれかに限定しようとすれば、重層の深みは平べったい地表になってしまう。だから、正解表から取ってきたような鑑賞の教えに従わないほうがいい。芸術作品は無防備な心が好きである。

この絵にただよう、とらえどころのない気味悪さは、人生が終りにのぞんで吐き出す人間存在の毒気である。これを把み取った画家はただ者ではない。

老年は、仕事に生きる老人にとっては生と死の激戦地になる。この戦場ではかつての大作なみの作品は無理だが、死神がちらつく前には作れなかった作品が生まれる。この肖像画の制作には死神が早ばやと手をかしたのである。生と死が同時出演している。

今ではほとんどわからないが、一八世紀の記録によると、ゼウクシスにならって、画面の左側に、若い美女のアフロディテに扮したはずの老婆が立っている。ゼウクシスはこれを見て死ぬまで笑いがとまらなかったようだが、レンブラントには何も面白くない。婆さんはただ自画像の変種作成のために趣向として借りただけである。

レンブラントの後方には不幸、前方には死神、笑う以外にないが、古代人の大笑いとはちがって、老いた顔のしわが心のひだに合わせて動くだけである。

これはしかし偽物に見せかけて明日か明後日の自分の未来像のつもりかもしれない。

《ゼウクシスとしての自画像》は、本物の最後の自画像［カラー口絵②］と整合性をもつだろうか。この二点は人生の最終期という同じ時期に描かれたのに別々の独立した存在だろうか。

レンブラントが二つに分裂しているのではない。正面から見れば、憂いがにじみ出た老人の顔、裏へまわれば、〈あばよ〉と〈まだよ〉の冷たく苦い無声の笑い顔、二つ合わせて、人生から去って行くレンブラント最後の姿になる。

レンブラントは晩年に「全てを失った」とよく言われる。彼は財産を失ったにすぎない。創造の工房という彼の棲息地へは、執達吏は最後まで一歩も入れなかった。

生の足場のゆらぎで落ちつかない自分を描きつくす仕事は、世界文学の最高峰の人間把握とならぶ力わざであった。この二つの顔と《放蕩息子》の父親の顔に送られて、レンブラントは当然のように死んだ。紅葉人レンブラントの死装束は、死にながら散りつつ舞う、落花の舞の衣装であった。

レンブラントは、何も手につかないうつ状態へ転落しても不思議ではない激変におそわれたが、彼は死ぬまで独特の陽気さを保った。それは不滅の作品が証明している。

陽気さとは、仕事への意欲が動力となって生が回転し、仕事の世界が展開する状態である。肉親の死と破産というありふれた悲劇の後に輝いているこの陽気さの中に、レンブラントの創造者的偉大さがある。彼の人生の悲劇とこの陽気さとの間にずれはない。悲しみは作品化されることによって創作力という陽気さの基《もと》になる。

やがて無くなる自分の顔を描いた人生最終期の二枚の自画像は、筋肉も骨量も減り、この世を渡って行く足が弱っても、悲劇の中で陽気でありつづけるという創造者の生命力の賜物であった。

老芸術家の生は暮らし向きの敗北的後退の中で泥の中の白い花のようにりんとしている。この花は、紅葉期に花開く。その証しの一つが母国オランダのマウリッツハイス美術館から神戸までやって来た自画像であり、存在の重心から顔へにじみだす憂いに接して、著者は創造者の陽気さを楽しむことができたので、つかの間とはいえレンブラントと対面したのである。

第四話　アヴァクームの黒パン

1

一六五三年、総主教ニーコンは、二本の指で十字を切るロシヤ古来の方法を止め、三本の指で切る決定をした。これにはロシヤ以外のギリシャ正教徒の方式に一致させて、ロシヤとロシヤ正教会の地位を国際的に高める政治的な目的があった。二本指で十字を切るのは、国際化という時代の、したがって、国家と教会権力の、要求に背くことになる。アヴァクーム・コンドラーチェフの人生はこの改革で一変する。

二本の指による十字は、ロシヤへキリスト教がもたらされる以前、三世紀、四世紀のローマにある宗教画に描かれており、これが古来の正統な儀式であり、「二本の指で十字を切らない者は呪われる」。ロシヤはこれを受けつぎ古来の聖なる伝統を守ってきたのに、ニーコンの突然の指示で三本指による十字が教権と国権によって強制される。これに反抗し古儀式を守る者がでてくるのは自然であった。

至高の人間であり神であるキリストの二面性を古来、右手の二本の指で表わした。ニーコンの改革では、親指、薬指、小指を交叉させるが、古儀式派では親指と薬指の二本を交叉させ、小指は曲げる。

ヴァシーリー・スーリコフ《大貴族モローゾヴァ》(部分)
古儀式派は帝政ロシヤ最大の反権力組織で、過酷な弾圧を受けた。
右手の二本指で十字を切る物乞い。 1887年　トレチャコフ美術館

指一本のあつかい方の差だが、このちがいが「聖なるロシヤ」の宗教的伝統と精神の歪曲、否定であると命がけで反対反抗する者がでてくる。その中の最も過激な原理主義者が長司祭アヴァクームであった。強権的なニーコンは、反対者を迫害し、反ニーコン派の間には死者もでた。

アヴァクームは、「言ってはならない余計なことを口にした」罪、反ニーコン的説教で逮捕され、一六五三年九月シベリヤ流刑のために出立した。

流刑地への旅そのものが一種の拷問であった。アヴァクームたちは部隊と共に移動し、彼らから過酷なあつかいを受け、抗議するとむちで七二回打たれるという死んで当然のお仕置きも受けた。獣の食べ残しで命をつないだ。三年後、徒刑地で寒冷獄に投げこまれた。

一六六六年には僧籍を剥奪され、教会から破門されて、修道院の「氷河の上にある寒冷部屋」へ入れられた。

次の年、ニーコン改革以前の古儀式がロシヤ教会によって「呪い」を受け、ロシヤ教会の「分離」が始まった。アヴァクームは分離派としてプストジョールスクへ流されて土牢へ投げこまれた。プストジョールスクは、ペチョーラ河の河口にある徒刑地であり軍事的拠点であった。ツンドラ地帯で森のない寒冷地である。この寒い地の果てに穴を掘って分離派教徒という国事犯を閉じこめたのである。

一六七〇年、古儀式派教徒は、土牢から引き出され死刑台の前で判決をきく。アヴァクームに関しては、死刑を免じて、パンと水だけ与えて、土牢に閉じこめる、三人の同志は、再び舌を切断し、右手の指を切り落とすと言いわたされた。この切断は、口頭でも書面でも分離派的説教を不可能にするためである。主犯のアヴァクームだけは無傷である。

囚人アヴァクームの衣食住は、同時代のロシヤの農奴にとっても、羨ましいものではなかった。衣――着たきりスズメ、食――黒パンと水、住――土牢。

この暮らしを始めるはめになったのは、外面的、象徴的には指一本であった。指一本に生死をかけるのは、世の中の大多数にとっては狂気だが、典型的な少数者型人間アヴァクームにとってはそれこそあたり前のことであり、それ以外に自分が歩む道は無く、あってはならない。しかもその道は少しも曲ってはならない。

穴の上に木のふたをして、そこにパンと水を下ろすための小さな窓が一つ付いている。この地域では冬には零下三〇度前後になる。湿った寒い土牢の中でアヴァクームが発狂もせず痴呆にもうつ病にもならず働きつづけたのは、古来の正しい信仰を守る「義人」であるという強い意識と、穴の底での執筆と、同志との極秘の連絡による古儀式派のための共同事業のおかげである。古ロシヤの神聖な伝統を守る古儀式派にとって、ロマノフ王朝の皇帝は反キリストであり、総主教はその片割れである。反権力、反教会的闘争はキリストの敵との戦いであるという立場に立つキリスト者にとって、土牢と黒パン、水だけの食事は耐えてあたり前であり、この場では、そして、ロシヤにおけるキリストのために生きている者にとっては、黒パンは、日常の食卓上のパンでなく、戦場の糧食である。寒さで石になった黒パンでも耐えられる。本物の黒パンは、日本の綿のようなパンとちがって、文字どおり石になり、農民はスープや水やさ湯にひたしてから食べたのである。同志からわずかの食物が差し入れられるような日もあったかもしれないが、命を支えるのは、ほぼ黒パンだけであった。

アヴァクームと同志たちは、手製の十字架の中に密書を入れ、深夜に外部から訪れる同志へ手渡し、古儀式派の思想を広め、深め、組織を固めた。アヴァクームたちを監視している、モスクワから派遣された射撃兵たちのいく人かを手なずけ、外部との接触を見すごしてもらうこともあった。アヴァクームは忙しい。

途中から住宅条件が変わった。当局は牢の近くに掘立小屋を建て土を入れた。小窓が一つだけあり、囚人はそこから食物と薪を受け取る。モスクワからまだ殺害の命令を受けていないから、監視責任者は凍死を恐れたのだろう、アヴァクームは少量の薪を窓ごしに受けとった。掘立小屋では天井に頭がつかえる。便所は無く、排泄物はシャベルで窓の外へ棄てる。同志の一人エピファニイによれば、掘立小屋式の牢は囚人にとって教会であり食堂であり便所であり、こんな部屋は皇帝アレクセイ・ミハイロヴィチも持っていない。

アヴァクームは、他の過激な闘士のようには殺されなかった。なぜなら、味方にしたくなるほど優秀な人材であったからであり、彼を改心変心させることによって古儀式派の組織をゆるがすことができたからである。すぐに殺してはならない。流刑人アヴァクームは二度も流刑地からよびもどされ、転向する機会が与えられた。俗権と神権、つまり皇帝と総主教との和解へのさそいは、彼にとって悪魔のささやきであり、甘言に従うどころか〝悪魔〟を激しく非難し、罵倒したので、ロシヤ正教会は改心の望みのないこの異端から僧籍をとりあげたのである。

アヴァクームはアヴァクームでありつづけたために人生最後の一五年間を牢ですごすはめになる。同囚が舌と右手を切り落とされたのに、主犯のアヴァクームに手をつけなかったのは、モスクワの権力がこの強情者の変心にまだ望みをもっていたからではないかと思われる。アヴァクーム転向が伝えられたら古儀式派は大きくつまずく。モスクワがあきらめた時に彼は吊るされるか焼かれるだろう。

2

フェオドーシヤ・モローゾヴァは、裕福な大貴族の未亡人であった。アヴァクームを〝改心〟させるため皇帝が流刑地からモスクワへ呼び出した時、モローゾヴァはこの激烈な古儀式派教徒を自分の家に宿泊させた。人の心を変える強烈な説得力をもっていたアヴァクームは、彼女を熱心な古儀式派教徒に変えてしまった。モローゾヴァはニーコンの改革に従うことを拒んだが、皇帝から領地の一部を取りあげられ、おとなしくなった。

再び流刑地へ帰されたアヴァクームは、牢から彼女を書面でしかりつけ、モローゾヴァは、我にかえって不屈の古儀式派になった。

古儀式派教徒モローゾヴァは鎖につながれ修道院へ罪人として閉じこめられた。モローゾヴァは一六七五年、土中の穴へ放りこまれ、食物も水もなく暗黒の中ですごし、その年の秋に死んだ。アヴァクームは追悼文を書いた。

モローゾヴァの息子が病死した時にはなぐさめの手紙を届けている。アヴァクームと同志との秘密の連絡は想像以上に密であったと思われる。アヴァクームの家族の流刑地へ、さらにモスクワ、ソロヴェツキイ修道院、シベリヤへと、まだ逮捕されていない古儀式派の同志によってアヴァクームの手

ヴァシーリー・スーリコフ《大貴族モローゾヴァ》（部分）
モローゾヴァの逮捕の場面。アヴァクームの説教で狂信的な古儀式派の信徒となった彼女は、全てを奪われ追放され獄死した。
1887年　トレチャコフ美術館

紙、文書は伝達された。だからこそアヴァクームは忙しかったのである。最後の段階ではモローゾヴァは黒パンも水も与えられないで餓死したが、アヴァクームの頭上にはともかく黒パンが下りてくる。生きるとは自分手作りのパンを食べることである。パンが一般性を脱け出して自分のパンに変身するのは、土牢のような非日常の中でだけ起こるのではない。囚人のパンが目立つだけで、ありふれた我々の日常の中でも、パンはそれを食べる人間によって微妙にあるいは非常にちがうのである。パンにはその人の人生の味がする。

太陽が姿を消してしまう期間が長い北国では、野菜と果物が極度に不足し、ヴィタミンC欠乏症になって壊血病にかかる。アヴァクームと同じ一七世紀人であったロマノフ王朝の初代から四代目までの皇帝の人生の長さは、それぞれ四九年、四六年、二〇年、二九年である。二〇歳で死んだフョードル・アレクセーエヴィチは、壊血病で足がはれあがり、歩くことができなかった。ヴィタミンC不足だけでなく全般的なヴィタミン欠乏症が皇帝たちの短命の一因であったと思われる。

アヴァクームたちは、皇帝より百倍も不健康な食生活を強いられている。皇帝の食卓には果物、蜂蜜、木の実・草の実、野菜、きのこ、肉、さまざまな魚料理、パン、お菓子、にんにく等々が並んだ。それでも壊血病になったり、若死したりしている。冬が長く果物も野菜もきのこも果実類も雪と氷の下では姿を消す。冬には河川は底まで凍るので、新鮮な魚ではなくひどく塩をきかせた不健康な魚や酢漬けの野菜しか食べられない。

それでもこのようなものが一切無い土牢の食生活とでは天国と地獄の差がある。しかもプストジョールスクのツンドラ的寒さの中では餓えは特に苦しく、また、危険である。ロシヤの冬、日本では二年もつ著者の時計の電池が半年で電力を完全に失った。寒さは電池の力すら奪うのである。人間はすごい寒さの中で体力を失っていく。

囚人とは比べものにならない多様で豊かな食物を摂取しながら、同時代の皇帝たちは、アヴァクームよりはるかに短命であった。この謎は体に良い黒パンにあるのではない。黒パンにはヴィタミンCが全くふくまれていない。スターリン時代の収容所が壊血病の巣であったように、アヴァクームも同志も警備兵たちも歯ぐきから出血していたはずである。黒パンにはヴィタミンAもDもない。単独で長期にわたって命を支える力は黒パンにはない。

恐怖とストレスは土牢の囚人につきものである。アヴァクームもまた舌と右手を切られるかもしれない。突然モスクワから処刑の命令がとどくかもしれない。これが命を縮めるのは自然で当然である。四人の皇帝たちにはこれが無い。アヴァクームたちは、命を維持するのに大変不利であった。にもかかわらずアヴァクームは「長寿」をたもっている。

ロシヤ人を服従させるのは恐怖であると言われてきた。それの組織的で最悪の大規模な実施がスターリン体制における恐怖の体系であった。アヴァクームの同時代、皇帝アレクセイ・ミハイロヴィチの御代では、死刑として四つ裂き、車輪刑、串刺し、火炙りがあった。

四つ裂きは体を四つに切断するか、無数に切り刻むことであり、車輪刑は、体中の骨を砕いて、軟体動物のようになった罪人を棒のついた輪にのせ、はめこみ、さらす刑であり、ともに西ヨーロッパでも行われていた通常の処刑方法であった。串刺しは肛門から口まで串を刺し通す処刑である。国家による死刑は、拷問的殺害で、これは時代の残虐性、残酷性の一例であり、アヴァクームたちはこの

ピョートル・ミャソエードフ《アヴァクームの火刑》 1897年

ような時代に生きていた。だから、教会権力は、遠慮なしに聖職者を火炙りにしたのである。

皇帝と教会に逆らって古儀式を守り、その存続のために闘っている土牢の囚人たちは、死と隣りあわせに生きていた。これは恐怖であり、強烈なストレスのはずだが、神への超人的な帰依が心身を鎮めたのだろうか。

一六八二年四月一四日、総主教ヨアーキムの命令でアヴァクームと同志たちは獄舎もろとも焼き殺された。牢から引きずり出され広場で火炙りにされたという情報もある。いずれの場合も生きたままで焼き殺されたのである。

イタリア・ルネサンスの最盛期、ジロラモ・サヴォナローラは、メディチ家も教皇も神とは無縁の者として、狂信的熱情で神の立場から激しく糾弾した。教会はこの危険な預言者を殺すことにしたが、生きたまま火で焼かず、まず絞首刑にしてからその死体を火刑にした。ところが、アヴァクームたちは、絶命するまで火で拷問をうけながら殺された。言いつたえによると、アヴァクームは、炎の中で二本の指で十字を切り、居あわせた者に向って、二本指で十字を切れば永久に破滅することはないと叫んだ。

異端の殺害に火が使われたのは、第一に「神が流血を嫌いたまう」からであり、第二に、信者たちが遺骨を聖骸《せいがい》として末ながく崇めるのを阻止するためであった。サヴォナローラの骨も灰も民衆の手にわたらないように河へ捨てられた。

3

アヴァクームの人生は六一年間である。古儀式が廃止された一六五三年から火刑の一六八二年まで、三二歳から六一歳まで人生の半分が帝室と教会の敵として弾圧、流刑、投獄で占められた。

一六六七年、四六歳から六一歳の死まで、プストジョールスク徒刑地に閉じこめられた。この一五年がアヴァクームの人生の紅葉期であった。

この紅葉期の収穫が、土牢から帝室と聖職者たちにむけられた悪質な誹謗と中傷だと断定され、彼の命を奪った。

生き方が命の養分を分泌する。パンはそれへの副食である。パンがその人間の命にとってどのような存在であるかは、パンを人間学的総体の中に置かないかぎり分からない。

アヴァクームの全身と全心にとりついている神への絶対的服従、キリストに最も近いと考えていた古ロシヤのキリスト教とその儀礼としての二本指による十字、いいかえれば、これなしにはアヴァクームがアヴァクームでなくなってしまうもの、がアヴァクームの中で黒パンと合体し、黒パンは獄中でアヴァクームの命の個性の受け皿になった。

命と生き方とパンが三位一体となってアヴァクームに仕事をさせたのである。ここから切り離された黒パンは、ありきたりの食事の一部にすぎず、しばしば無力である。

人間の生き方は多種多様であり、パンもまたそれに応じて変身する。

無為に苦しむ美食者の疲れた胃袋の中では三位一体の活劇はおこらず、黒パンの一片は、その他大勢の一つにすぎないので、ライ麦全粒粉の栄養学的活力すら活かされず胃の中ですでに残飯あつかいをうける。

力強い文を書くには沢山の血が必要だから、アヴァクームの空洞の胃袋の中では、黒パンはすべて赤い血に変身する。

アヴァクームが黒パンに乗り移り、彼は自分の黒パンをペンのように使用したのである。

パンは、人間に対して、自らの運命をもつ。

第五話　「年をとってはいけません」――ムスフェルト先生の思い出

1　他人の国で

異国で、しかも、天涯孤独だから、世間が楽しむ祭日、正月など大嫌いである。ごちそうを食べたり、贈物をやりとりしたり、などという習慣は、高齢の夫が癌で死んでからは絶えて無い。

世間の大海のこの孤島からある日とつぜん我が家に贈物がとどいた。信じられないほどおそまつな靴下が一足入っている。そこにそえ書きがあり、お返しはいりませんと明記されている。お返しの露骨なさいそくである。

安売りたたき売りの箱に入っていた靴下から男物を一足つかみ出して、送ってくれたのである。その下心はまる見えだから、少しましな少ししゃれた物を早速郵送した。ロシヤ語の礼状がすぐとどいた。

「あなたの贈物の優越性が私を打ちのめしました。あの散文的な靴下といっしょに土の中へもぐってしまいたい」

ナジェージダ・ムスフェルトは、大きな古い洋館の借家に住んでいたが、二階へ上がるのも苦しい齢になり、この家を活用するために「大家は私が早く死ぬのを待っている」という事情もあって、長い長い間住んでいた住まいから出た。今までの住居に比べると女中部屋なみの部屋に移った。一軒の家を、何人もが住めるように各部屋に台所を付けた集合住宅である。

ここへ入るのもすんなりいかなかった。高齢、独り身、片言の日本語しか話せない外国人を、新しい大家は受け入れる勇気がなかった。

いつ倒れるか、いつ死ぬか分からない。大家の心配がそこにあることを見ぬいたムスフェルトは、私が死んだ場合の準備は全て整っていて、フリーメイソンが何もかもやってくれるのでいかなるめいわくもかけない、と安心させた。亡夫がこの秘密結社の会員だったので、その妻である彼女も面倒をみてもらえる。経済的損害も与えないことが確認され、この老いた異国人は無事に蟻のお城へ入城した。

この家は人生最終期の舞台になった。白内障がひどくなり、世界はほとんど霧の中にある。このような生存条件が気になって、老いの見舞に奈良から神戸まで、何回も出かけた。

長い話をしているうちに、部屋は真っ暗になったが、電燈はつけない。節約からではない。昼間も夕方もほとんど区別がつかないほど目が老化している。もうまっ暗だと注意して明かりをつけてもらう。

お茶をごちそうするつもりかガスで沸かしているようだ。何か不快なにおいがただよってくる。すぐに台所へ見に行くと、火をつけないままガスが出ている。危ないところだった。

持参の焼菓子を切るために、ほうちょうを頼むと、ガス台の横に石炭箱のようなものが置いてあり、その中からさんまぐらいの細長い小刀をとりだした。奇妙で無骨な鉄片である。切れそうもない。しばらくながめていると、これは亡夫の父親が作ってくれたものだ、と言う。夫は九〇歳近くで死んでいるから、その父親の作だとすると、短くみつもっても半世紀以上前の作品である。他にナイフのたぐいは全くなく、これだけで主婦としての仕事を数十年やってきたのだろう。常にささやかでつつましい食事だからこれでよかったのかもしれないが、まともな主婦なら日常不可欠な生活用具だから安物のほうちょうぐらいは買うだろう。彼女の節約は並の水準ではない。それがそれですむなら、一銭も出さない。この原則は長年びくともしない。毎年大学で語劇祭があり、その準備のために学生たちは仲間以外に先輩や教師に寄附をしてもらう。研究室へ集金にきた学生に五千円渡した。たまたま横に坐っているムスフェルト先生を見た集金係の学生は、彼女にも寄附を頼む。「ワタシ財布忘レマシタ」。彼女は、ロシヤ語でなく、まちがいなく通じるようにはっきりと日本語で言った。もし本当なら大阪にある大学から神戸の自宅まで帰れないはずだが、いつものように帰っている。

景気が良くて民間と国家公務員との給料に差ができたので、公務員の本給を少し上げることになった。その情報を彼女の耳に入れるやいなや骨ばった両手で椅子の両脇をつかみ、椅子を持ち上げてポンポンとはねるように、至近距離まで近づき、その幸福な知らせをくわしく正確に知ろうとして大きな耳をつき出した。

彼女は非常勤講師だが、給与改定で一時間あたりの単価が少し上がる。まだ、月給が直接、現金で手渡される時代で、一カ月の手当を会計課で出納係長から受けとるや彼女はすぐさま封を切り、係長の目の前で、指につばをつけて数える。万一、少なかったら水かけ問答になるが、目の前で勘定するからその心配はない。正しく入っていることを確認すると、満足の笑みをうかべて去っていく。ともかく貯金だ。相当あることをほのめかすぐらいだから、ふだんの生活の英雄的な倹約ぶりが想像できる。

高齢であるのに首にならず、しかも、途中から京都の某私大へも教えに行き、収入は増えた。しかし緊縮財政はみじんも変わらない。唯一のぜいたくは本を買うことである。ロシヤ語、ドイツ語、フランス語、英語で読む。アメリカの本を買い、楽しむやいなやすぐさま古本屋へ持っていく。汚れると安く買いたたかれる。英語だから古本屋は引き取ってくれる。このなめらかな回転で読書は維持され、本を集めるなどという非合理的な余計な愚かなことはしない。

ショスタコーヴィチの弟子であることを売り物にしたソロモン・ヴォルコフの本『証言』を読みたいと言ったら、すでに古本屋に渡っていたその本を買いもどし、郵送してくれた。

これは数十年間にわたるつきあいの中で、彼女にとって二つの出血のうちの一つであった。もう一つは、アサヒビールと豚カツを、非常勤講師料を受け取った日におごってくれたことである。他人には開《あ》かずの財布から出た出費だから、ありがたさに忘れることができない。古本屋からとりもどした本は、彼女のまれな〝友情〟のずっしりと重い証しであった。

彼女は昭和三五（一九六〇）年四月一日から、神戸の六甲山のふもとで阪急電鉄に乗って大阪天王寺区の大学まで通った。貯金を楽しみ、仕事は知的できれいなので満足であった。この時期を「私の人生の最も幸福な日々」と言っている。

ロシヤから毎年、交換教授が派遣される制度が始まって、専任教授オレスト・プレトネル以外に彼らとロシヤ語でおしゃべりし、変わりはてた母国の情報を得るのも興味があった。

当時はまだ外国人に定年制がなかった。高齢になりすぎたので、非常勤の契約は更新しないと、学科の会議で正式に決まった。彼女は、こんなに年とっても働かせてくれたことに感謝し、異議申し立ては全くなかった。

大学のそばのおでん屋でつつましい送別会をし、金一封を贈ると、彼女は研究室の温かい心を喜び、満足であった。昭和五四（一九七九）年三月のことである。

一九年間の勤務が終って、引退生活が始まった。

2　輝く椅子

ナジェージダ・カーモヴァは、一八九七年十一月二七日（新暦）にシベリヤの都市イルクーツクに生まれた。カーモヴァは結婚前の苗字である。バイカル湖から近く、海のようなアンガラー河が流れている。ずいぶん昔、バイカル湖へ行く前に、著者はこの河をしばらくながめていたが、広すぎてどちらの方向へ流れているのか分からなかった。

イルクーツクはシベリヤの文化都市である。父親は工場主で、彼女は、豊かな家庭、貴族などの習慣で子供時代に、一五歳まで家でドイツ語、フランス語を家庭教師について学んだ。日本の大学生が英語以外の外国語を初めて学ぶ頃には、彼女はドイツ語、フランス語を使いこなし、特にドイツ語は得意であった。

一九一五年、第一次世界大戦中にモスクワへ出て、モスクワ女学院で歴史を学んだ。しかし、帝政を倒した二月革命の混乱をのがれて中退し、両親のもとへ帰った。

続いて十月革命が起こり、その後、帝政復興の白軍と社会主義をめざす赤軍とに分かれて国内戦が始まる。日本をふくむ外国軍も白軍に加勢し、シベリヤ、極東も戦場になる。

シベリヤで戦っていたオーストリア・ハンガリー二重帝国の若い将校が負傷し、ナジェージダが介抱した。彼女はドイツ語が得意だから急速に親しくなったと思われる。

この青年は美男で美しいナジェージダと恋仲になり、結婚して二人は国外に出て、ウィーンへ向った。彼は職を得て、大正九（一九二〇）年二月、日本に派遣され、二人は偶然に東洋の全くなじみのない国に住まざるをえなくなった。昭和六（一九三一）年ウィーンへ行き、二年後、昭和八年十二月日本にもどった。

夫は、病的な女たらしで、ナジェージダが夫の部屋に入っていくと、きれいな女と悪びれることもなく寝ていた。彼には片足がない。壊疽《えそ》で切断されたのである。おそらく戦場での傷のせいだと思われる。

この身体障害者は美男のせいかもてて、ナジェージダは、心の安まることがなく、別れた。

玄関に置いてある若いナジェージダの写真は、一九二〇年代頃の女優の雰囲気で、実に美しい。相当もてたと思われる。周囲でゾルゲの名が聞こえてくる頃のことであった。

貿易商だった二度目の夫ムスフェルトは、第二次大戦後、急に仕事への意欲を失い、経済的に困難になった。彼女は、家庭教師をしたり、アメリカ占領軍に司書としてやとわれたり、彼女には面白くない仕事をして食いつないだ。中学校で英語を教え、新聞社で働き細々と生活していたが、収入が途切れることもあったらしい。初めて彼女の家を訪れた時、ソファは破れ、そこへ布がぬいつけてあった。

ところが、急に「生涯における最も幸福な日々」が始まる。昭和三十五年四月一日、大阪外国語大学で非常勤の外国人講師として「一時間手当金一二一〇円」を支給され、週八時間働くことになった。

二度目に訪問した時には、ソファ、椅子は輝いていた。光沢のある上等の布で全面張り替えてもらったのである。大学からの収入が、数十年使った古椅子にもたらした激変である。そこに坐った夫婦の写真がある。二人とも幸せいっぱいの笑い顔である。

ムスフェルト夫妻は、なぜか日本における外国人社会から仲間はずれにされていた。その理由は正式に結婚していないから、と彼女は説明する。

これは少し奇妙である。日本にも教会があり、牧師、神父の下で結婚することは可能である。カトリックやプロテスタント、ギリシャ正教の教会に行けない理由があった、とも推測できる。ずっと後になって、ある日、研究室でアラブとイスラエルの関係について雑談していた。イスラエルの攻撃性が多くの者から非難されていた頃である。彼女は、アラブに対する敵意をむき出しにして、アラブ人は世界に何を与えたか、数字だけじゃないかと言った。アラビア数字が人類に対するアラブ民族の唯一の貢献だという意味である。一方、ユダヤ人は——これは果てしない。彼女は何か感じとったらしく、とつぜん、あたなはアラブとイスラエルのどちらを応援するのか、とたずねた。当時の状況から、アラブだと即答した。そのとたん彼女は真っ青になって立ち上がり、怒りと憤慨に言葉も出てこない。身体と空気の硬直がつづいたが、一息いれて、力なく言った。「あなたとは絶交したくない」。そして坐った。ナジェージダ・ムスフェルトはユダヤ人である。

第二次大戦の終り頃、ナチス・ドイツの依頼をうけた日本の官憲によって夫婦は逮捕された。自分たちは何も憎しみを持っていませんと日本人の係官は言った。逮捕の理由をたずねると、私達は反ナチだから、という答えが返ってきた。ユダヤ人だから、とは言わない。ドイツが敗け、釈放されるとき、〝ユダヤ人〟たちはドイツの将校をさんざん撲打したという。

日本人にはユダヤ人を外見で区別する能力がないうえに、ユダヤ人差別がないので、ユダヤ人であることを隠す必要もないが、彼女は死ぬまでユダヤ人であることを隠しつづけた。非ユダヤ人をよそおうことは生きていくために必要なことだと本能的に思っていたのである。

「彼は私を一度も招待したことがありません」

プレトネル教授もムスフェルト外国人講師も共に神戸市内に住んでいた。近くに住みながら、という思いが彼女にあったのである。自分がユダヤ人であることを当然のこととながらプレトネルが見ぬいており、それでつきあいを職場だけに限っている、と彼女は思っていた。

臨時政府の首班ケレンスキイの演説を聞き、ペトログラードの大デモを見たプレトネル先生にバスの中で、一九一七年の二月革命前後のことを質問したとき、「私の家庭はプロレタリア的ではなかったので、デモには参加しませんでした」と答えた。民衆は街頭にくり出しているが、自分はその階層には属していないという貴族的意識、ラテン文字ではオレスト・ドゥ・プレトネルと署名するこの人は、ひょっとするとロシヤの貴族（ドヴァリャニン）をフランス語のドゥで表したのだろうか。この選良意識と帝政ロシヤの反ユダヤ政策、広範な国民が持っているユダヤ人蔑視とが、この老いたロシヤ人の心に沈殿しているのは不思議ではない。二人は立話のつきあいであり、孤老のムスフェルトがプレトネルに頼れる可能性はなかった。プレトネルには日本人の妻と娘がいる。

プレトネルのフランス語は、貴族や外交官のフランス語であり、私たちのフランス語とはちがいます、とムスフェルトは言った。高貴なフランス語と「私たちのフランス語」との差は、高貴なロシヤ人とユダヤ人との差でもあった。

3　老いの城

彼女には夢がある。作家になりたい。ヨーロッパやアメリカから出版したいので、四番目に得意な英語で書く。本が一冊完成し、イギリスの有名出版社へ送った。出版不可の返事がきた。さしさわりのある個所が原因で、どうやら男女間のことらしい。このさい編集者は「あなたの才能にもかかわらず」と付け加えた。拒絶の調子を軟らげるためか、社交辞令なのか、本当にある程度の才能を認めているのか不明だが、彼女はこの件を語るさいには、「あなたの才能にもかかわらず」を強調し、気持をこめて力強く発音した。

今度は日本の雑誌用にロシヤ語で短篇を書いた。これが『平凡パンチ』に載せられないか、判断してくれという。一種のポルノだが、刺激不足で日本の若者用の雑誌には役に立たない。

知的で頭脳も鋭い彼女は評論が書ける。ロシヤ語で書かれた現代文学の皮肉っぽい文章が研究室発行の刊行物に載った。外国人教師としてロシヤから来た某氏は「悪くない」と気に入ったようすであった。ソヴェト式の発想と全くちがうのが面白かったようである。

作家志願者ムスフェルトは、一冊の本も刊行できず、一編の短篇も雑誌に載らなかった。作家になる夢を八〇歳を超えても見つづけたが、その作物は、一生のあいだ家の外へ出ることはなかった。

訪問には大喜びである。白内障のため退職後の自由な時間を大好きな読書にあてることもできず、しのび寄るどころか、ぴったりととりついている老いが、ばく然とした不安と恐怖を生みだす。だから、訪問客は、わずらわしさでなく憂いからの解放になる。

買物に行きづらいのは明らかなので、毎回できるだけ役に立ちそうな食料品を持参することにしていた。

ある訪問の翌日に、訪ねてくれてありがとうと言う礼状がとどいた。袋に入っていたバナナを一度に二つもたいらげた、と書かれている。欠食が多いのである。

「今日は昨日よりも視力が悪いです。明るい太陽のせいです。文字どおり手さぐりで書いています」。

それには「希望のないナジェージダ」と署名されていた。名前のナジェージダは希望という意味である。この名前はもはや福をもたらさない。希望は幸福の先駆体である。動乱の祖国を美男の新夫と手をとりあって脱走したかつての美女は希望の亡がらとなって今、他人の国で、この老いの城で老いに組みしかれている。

しばらく手紙を出さないと、八一年一月一八日、「あなたにささげる詩」が送られてきた。「手紙には返事がない、手紙は来ない」で始まり、老いの厳しさが胸につきささる。

翌月の手紙には八一年一月七日と書かれているが、消印は八一年二月七日である。一カ月勘ちがいしている。動脈硬化で、物忘れがひどい、と自らの脳の状態を電話で説明してくれた。「電話をかけるのが、ほとんど不可能です」。番号を識別するのが至難のわざになったのである。

彼女の手紙を読むのがつらくなる。「ほとんど誰も私のことをかまってくれません」「私は何とか文字にしていますが、視力は全くだめです、体調がますます悪くなる一方ですが、終りが見えません」（八一年四月三日）

余裕のない老いの、無言の攻撃に果てが見えない。その果ては死の別名である。死と書くのを恐れる中途半端な死人候補者である。

昭和五六（一九八一）年一月一日消印の手紙では、暮れに訪問したときヴェルネルがちょうど訪ねてきて、あなたはこのドイツ人にとても気に入られ、おかげで私はあなたと十分に話ができなかった、とこぼしている。白内障にもかかわらず本に対する興味はおとろえず、手紙には新刊書が紹介され、読むようにすすめている。彼女は入り日直前の、入り日直後のうすら明かりの中で生きている。自然光で英字新聞を少し読むと一日分の視力が無くなってしまう、とも言っていた。今、底をつく寸前を生きている。

大きな借家から転宅する前に、長年勤めているお手伝いさんを解雇した。心臓病者でいつ何時この家で死ぬか分からない。女主人はそれを恐れたのである。解雇は、常に計算する人間として当然の処置であった。そのお手伝いさんが死んだ。年下の彼女も死んだ、という事実は八〇歳代の旧主人に、「死の棘」は足もとにあり、という気持にさせたのだろう。孤独感が深まるばかりである。

今のようにかんたんではないが、当時も白内障の手術は可能であった。そのことを言うと、即座に断固として拒否した。

空調設備すらがまんできず真夏は窓を閉め切りカーテンで外の熱をさえぎる。日本の酷暑をひっそりと耐えるのである。彼女はタクシーに乗らないが、何かの用事で一緒にタクシーへ乗った。タクシーに乗ると冷房が効いている。彼女はその冷風に接するや否や騒ぎたて、運転手の立腹など無視して冷房を止めさせた。冷房も手術も彼女にとっては不自然で愚かな不快さなのである。目の手術など問題外であった。

最後に訪問した時には、彼女にとって世界は白い雲になっていた。待ちきれず表に出て出むかえていたが、来客を、やっとそれらしいと感じとる、という具合であった。

読書を奪われ、書くことも不可能になり、彼女は呆け始めた。新しく発売された、耳にあてて聴けるイヤホーン型のステレオを友人的知人ヴェルネルが贈った。それで音楽やロシヤ語での声帯模写を聴くのが少しなぐさめになった。本も紙もペンも遠ざかり、知力も体力も頼りないかぎりで、聴力が最後の支えである。

高齢になるにつれて人生の比重が前半に傾く。老人の多くが昔話の語り手になるのはそのあらわれである。新しい支えを作れないから過去の自分が人生の英雄になる。若者は、年輩の上司から手柄話を聞かされたら、この男にとってすでに比重が前半に移動している、と思えばいい。手柄に恐れいることはない。

白内障という邪魔、この白魔に完全に占拠される寸前までは、新刊書の話をし、なんとか読了して、面白ければぜひこれを読め、この映画は見のがすなというハガキがとどく。八〇代でも今の上にどっかり坐っていて、昔の上に横たわらない。人生の前半などもはや消失している。

白内障についてぼやきながらも「私はあいかわらず本には貪欲です」と手さぐりで書きあげた手紙に記し、今への興味はつきない。だから今に生きている者から話をむさぼるように聴く。話ができる人に来てほしい。一週間誰も来ないのはあたりまえだから。長年の自分の主義主張、立場、足場は頑固、強固だが、この上に、今を吸い取ろうとする柔軟性がある。聴力に頼る暮らしになってもである。

自分の意志でも願望でもなく、人生の大部分を他人の国で暮らすはめになった彼女は、合わない土壌に運命によって移植された名もない木であった。何十年居ようが、日本で新たな根を張ることもなかった。日本文化にとけこまず、いかなる点でも日本人に同化することも拒否している。

生活必需品である日本語は勉強しなかった。しかし、どの国であれ、生きるのは闘いである。この得体の知れない国の未知の言語から罵詈雑言だけを教えてもらった。それはふところにしのばせた匕《あい》首《くち》であった。株に関する書類を担当の銀行員がなくした、と思いちがいしたことがあった。銀行員はすぐさまアホ、バカをまともにくらった。彼女が頭陀袋を開けたら、その書類が出てきた。射ち損じることはあっても、攻撃用の日本語だけはケイタイしていた。

日本人との交友関係がないため、白内障に苦しむ高齢者になっても、一片のパンを買ってくれる日本人の隣人がいない。ヴェルネルという気のいいドイツ人が居ても、彼は勤め人であり、日常の世話をすることはできない。目には白い幕が下り、電燈を消した影絵の世界で、かすかに識別できる向いのパン屋へわずかの糧を買いに行くだけの人生の囚人になった。

彼女は親からゆずられた金の鎖をもっている。それは二つに折っても首から足首までとどく極端に長いものである。ユダヤ人としてどのような不幸に遭うかもしれないので、貧民層は別にして、金や宝石など持ち運びできる財産を代々伝えていくのが一つの伝統である。彼女はこの重い宝物を国内戦の中で国外へ持ち出した。

この鎖が、役に立つ日が近づいている。

4　死に場所は運命である

「わたしにはこのごろ一番興味があるのはセックスです」

ロシヤ語で話しているのにセックスという単語だけは英語である。たしか七〇歳代の終りごろだったと思う。

対談の途中で、彼女は昔風の長いスカートを股のつけ根近くまで発作的にまくりあげ、片足を客の目の前につきだし、見せつけた。

「ほら、まだきれいです」

こぶ状に曲っている背中の下からのびている足は、長く白くまっ直ぐだが、つやもはりもなく、マシュマロの風味であった。

男客から賛美を期待していたのに一言の反応もないので足は袋のようなスカートへさっと消えた。「年をとってはいけない」「決して年をとってはいけない」と、人生の教訓をさずけるように彼女はくりかえした。「老は不快」というロシヤの諺を全身で朝から晩まで感じている老人の遺言的助言であった。

「ムスフェルトが死んだらしい」某氏が言った。情報源は在日ロシヤ人の某女史である。その少し前から電話が通じなくなっていた。

それから数年してムスフェルト死去の知らせが病院から大学へ入った。墓に入っていると思っていたムスフェルトは、神戸の海を見おろす病院に昭和五九（一九八四）年から三年六カ月入院していたのである。昭和六二年七月三日午前六時四〇分に命が停止した。次の日、二時から五階の礼拝堂で葬儀が行われることになった。

高さ一メートルを超す花かごを二万円で買い、学科の名で献花した。会場にはこれ以外の花は、一輪もない。葬儀はカトリックによって行われた。ドイツ人神父の手でドイツ語によって式がすすめられ、空席が多く、一般の会葬者は一五人で、ドイツ領事館員以外に、日本人の看護婦兼修道女たちが何人か後ろの方に坐っている。その中に故人の世話をした人がいたので、死は苦しみのない安らかな老衰であったことを確認できた。八九年八カ月の生涯であった。九〇歳までいけそうだと本人が見積もっていたとおりである。

そのうち五、六年は、自分が自分でなくなり、老いの城の主人から囚人へ転落していく過程であった。その後半は病人で、城ではなく寝床の住人であった。

白内障が両目を占領し、本を友としてきた故人は読書と無縁になり、カタコトの日本語しかできないので、修道女と会話することもない。仕事も願望も刺激も消え去り、脳は廃物になった。

「もっと食べて下さい」

「ワタシデキマセン」

この程度のやりとりも〝元気な〟うちだけであった。囚人、病人、死人と下りつづけ、今、車のついた屋台状の大きく背の高い棺に安置され、むき出しの顔はロウ人形そのものであった。人間ばなれした真白な顔から鼻骨が不自然なほど高くとんがっている。長いつきあいなのに鼻がこれほど高いとは知らなかった。彼女が異民族であることを強烈に感じる。日本に住み始めた頃には、日本人の鼻の低さと口の出っぱりに彼女は異民族の中にいるのだと実感した。ともかく、他人の国でのあれやこれやのやっかい事のすべてが終った。

屋台には引出しがいくつもあって、葬儀に必要な小物が一式入っている。これ一台で外国人カトリック信者相手の葬儀屋がつとまる。

故人はキリスト教を憎悪し、神戸に多い外国人のキリスト教関係者を常に「偽善者たち」と呼び、嫌悪と軽べつとをむきだしにしていた。このユダヤ人をキリスト教へ改宗させようとする働きかけが何度もあったのだろう。

この筋がね入りの反キリスト教徒は、人生最後の三年六カ月間カトリック修道女の手の中にあった。

彼女に場ちがいなこのカトリック病院へは、ひょっとしたらヴェルネルが、見るに見かねて入れたのだと思う。

世話をした修道女は、ムスフェルトが最後に入信したとはっきり言った。人生の最後にこれほどの激変におそわれるとは予想もしなかっただろう。マルクスがナチ党員として死ぬようなものである。

彼女が最後の数年間を人間らしくすごせたのはカトリックのおかげである。この病院以外に生きる場も死ぬ場もない。もうろうとした頭で割り切って入信のさそいに応じたのか、もはや判断力の無くなった段階で応じる反応をしたのか、第三者には分からない。

ムスフェルトは、カトリック信者として葬儀をしてもらった。入信を拒否したユダヤ人の前にドイツ人神父はあらわれなかっただろう。

死は場所を選べない。ナジェージダ・アニーシモヴナ・ムスフェルトの最後は、この真理の典型的なあらわれであった。

カトリック神父によって人生がしめくくられたのは故人にとって想像を絶する不幸であった。しかし、このカトリック病院のおかげで彼女は死へ軟着陸するという幸福をさずかった。差し引きどうなのか、勘定高い彼女にきいてみたい。

まさかの時にとっておいた長い長い金の鎖をこの三年六カ月間の入院費として差しだしたのだろうか。もしそうなら動乱のロシヤから持ち出し六〇年以上の間、極貧の時期にも売らなかったのは正しかった。

84歳——文学への夢衰えず

シベリアから日本に渡って来て六十一年、夫に先立たれ、たった一人異国で暮らすロシア婦人が、八十四歳の高齢にめげず、懸賞小説に取り組んでいる。白内障のため視力は極端に衰えているが、この二十年間書きためてきた原稿にせっせと手を入れ、一言一句にみがきをかける毎日。幼いころから夢に見た詩人、小説家への道は、ロシア革命という歴史の大転換のなかで崩れ去ったが、今もって文学への志は失わない。老婦人の名は、ナージャ（希望）。応募先は英国営放送BBCなど二カ所で、締め切りはいずれも五十七年三月末だ。

神戸のロシア婦人

84歳でなお〝文学少女〟。懸賞小説応募に意気込むナージャ・ムスフェルトさん＝神戸市中央区内の自宅で

懸賞小説に挑戦

目は不自由だが… 食事忘れ熱中

この人は、神戸市中央区内に住むナージャ・ムスフェルトさん。ナージャおばあちゃんは、シベリアの古い町イルクーツクの生まれ。幼時から詩に親しみ、十六歳の誕生日に、工場経営主だった父がそれまでの作品を添作し、タイプ印刷したうえ、一冊の美しい詩集に製本して贈ってくれた。おばあちゃんが文学を生涯の〝友〟とするようになったのは、これがきっかけだ。

「私も第二のプーシキン、チェーホフになりたい」。希望に燃えて一九一五年モスクワへ。同市のモスクワ高等女学校に入学し、文学サークルで活動していたが、一九一七年の二月革命で実家に呼び戻された。

イルクーツクで結婚し、一九二〇年（大正九年）二月来日、以後の大半を神戸で暮らし、大阪外大で二十年間にわたってロシア語を教えた。子供がなく、貿易商だった夫ハンスさんに昭和三十九年に先立たれたあとは、ずっと独り暮らし。

ナージャおばあちゃんが、懸賞小説に取りかかったのはつい一カ月ほど前。英字新聞で募集を知っ

「古きもの、新しきもの」。一等賞金百ドル（四万五千円）。ほかに香港の有力週刊誌「アジアウィーク」もアジアの人々を対象にテーマ自由、一等千ドル（二十二万円）のコンクールで投稿を募っていることがわかった。

ロシア革命のアラシの中で、作家への道を断念したナージャさんだが、創作活動は絶えることがなく、この二十年間、ロシア語、英語で書きためた長短約四十編の作品が手元にある。昭和二十八年には英文毎日の同様のコンクールで三位になった実績もある。白内障が進み、最近は新聞を読むにも大きな虫メガネに頼るほどだが「まだまだ人生はこれからよ」と、久しぶりの挑戦に踏み切った。

ナージャさんの作品は、家庭や身の回りの小さな出来事に目を向け、憎悪や不信の果てに、結局、人間の善意を信じるものが多い。

「ロシア語で書くのならだれにも負けないのだけれど。英語は、独、仏語に次いで出来る言葉だから…。もちろん、お金は二の次。要は私の作品が認められるかどうかね」と言いながら、ときには朝起きて夕方まで昼食を取るのも忘れるほどの打ち込みよう。ただし制限語数を勘定するなどの作業は根気が続かないときがあり、素直に「手助けしてくれる若い人がいれば、大歓迎」と語っている。

「神戸のロシア婦人　わたしの名は“希望”　84歳——文学の夢衰えず」
『神戸新聞』　1981年12月25日　夕刊

第六話　坐ったままで――ファーブル

粘土の上にクサビ型文字で作られた世界に、ギルガメッシュという巨人が住んでいた。力もちで半神で、彼には虎など猫である。恐いもの無しのはずだが、自分も死ぬという恐怖にとらわれている、内面的には小さな、ふつうの人間である。

彼は死なず草さがしの旅に出る。危険をくぐりぬけて草を見つけるが、草はヘビにあっけなく食べられてしまう。不死などという、人生をはみ出した幻の願い事は、ヘビの餌にふさわしい。死なず草をヘビの腹から取り出せないように、不死は、かぐや姫が求婚者たちに求めた超日常的珍物よりも入手困難である。

ヘビは善いことをしたのである。彼の生活と無関係な道中に不死は無く、その代替物は出発点、自分の町ウルに隠れていた。手ぶらで帰って来たギルガメッシュは、町やそれをかこむ城壁が自分の、自分たちの創造物であることに気づく。無駄な旅もこの点で有意義であった。

不死に無縁な人間には、創ったものが不死の代役をする。しかし、この代役は、人間と同じく、時の餌食になって壊れ、滅び、消え去る。ウルは姿を消し、考古学者たちの手におちた。人間は創り、時がヘビのようにそれを飲みこむ。これの果てしない反復が世界史である。

生は、創造の過程、その現在進行形の中にある。

しかし、死後にも残る作品には、粗品とはちがって、その作成過程で命の展開が広く深い。名作はこの意味で生存中の製作者により多くの恩恵をもたらす。大作であれば、あるいは、人生の果てる頃にとりかかった仕事は、未完になるかもしれない。途中であきらめた未完成品は別として、死と同時に未完になった仕事は、生と死との間にすき間が無かったことの証しだから、人生からの敗退ではなく、死神に無理強いされた、仕事場からの退出にすぎない。

古代ギリシャのストア派の誰かが言った、「人ハ運命ノホカ何モ所有デキナイ」。たいていの人は運命の不本意な所有者である。ユダヤの格言だったたか、「時間デハナクオ前ガ過ギ去ッテイク」。時間は人間にとって無限だが、運命が分配したお前の時間は走り去る。時間も持ち物にできない。私有物にできない人生の時間は宇宙から借りているにすぎない。

ファーブルは、人生における仕事時間の短さをおとくいの忍耐力で密度に置き換えた。あとはこの濃い時間を酷使する自分の体力知力の消滅が、命の残量の消失と一致するように仕事することが老年への宿題になる。

人生の大半を虫と分かちあった老人は、『昆虫学的回想録』全一〇巻について、「人類の蟻塚の中に私の砂粒」などと誇りまみれの謙遜を示した。もう虫の羽音も聴きとりにくくなった頃、賞や年金が駆けつけてきた。どこかでノーベル文学賞の声もあがった。田舎の家に見物人がやってくる。著者ジャン゠アンリ・ファーブルは、虫と共生した時間の結晶の所有者として、下り始めた終幕の下に立っている。本当に遅すぎたとはいえつつましい暮らしがなんとかできるようになった時、餓死しそうだという記事がでた。

貧しい田舎者へにわかに寄せられた数々の施し物を、にわかに国民的名士になった老人は、余裕もできて、自分に不必要な金銭を受け取ることのないように、送金者へ丹念に送り返した。

ポアンカレ大統領も敬意を表わすためにやって来た。ファーブルは大統領を坐ったままで迎えた。命の使い残しを恐れて働きづめであった仕事師は、権力者とうやうやしく握手するために立ち上がる力を、卒寿までとっておかなかったのである。

老年の生の場は、老齢ストレスという刺激性の寒風にさらされる。低温にならないように、仕事で体温を上げるよう老齢そのものが休みなく強制する。自分の年齢と動きの要求とのつり合いを保てない老人は、命の残量を半分も使うことができないままに死ぬだろう。

九〇代の元気な呆け知らずの女性が三日ほど入院したら、歩けなくなった。元の力を復活させるのに専門家の助けが必要であった。高齢における動《どう》の休止は発病と同じである。生命力の循環器を回転しつづける動《どう》という気力と行動力のない者は、無為の気楽さと恐怖とを斑《まだら》に味わうことになる。気力のつっぱりを無くせば気楽である。二〇代の気楽さは昼寝に通じるが、老齢の場合は、命に空き地を増やす。この空白地帯に寝ころべば、極寒の北国で氷の上に横たわって自殺するのに似て、命との縁が、安楽にそして急速に、薄れていく。

ピエール・ルノワールは、死ぬ直前に、女中がつんできたアネモネを夢中で描き、「この絵で、何かわかり始めたような気がするよ」と言った。七八歳の巨匠は、人生がと切れる寸前に次の次元へ昇ったのである。

昆虫を観察し、愛用の机で執筆するファーブル

この踏み台になったのは半世紀以上つづいた勤勉な動《どう》の積みかさねであった。

それは、リューマチで痛む指をほうたいでしばり、その不自由な手にもかかわらず、画家でありつづけたことにもあらわれている。この老いたリューマチ患者は、「絵を描くのに指は要らない」と言いきることができた。

アネモネの絵の後、動は急速に静に変わった。動の流れが止まると、あとにはルノワールの枯木のような死体が残った。レフ・トルストイ風に言えば、遺体は「不必要な汚物」であり、トルストイもふくめて人は皆これになる。

ルノワールの最後の作品と死との間にほとんどすき間が無かったので、ポアンカレ大統領を坐ったままで迎えた時から死までの二年間を仕事で詰められなかった九一歳一〇カ月のファーブルよりも、七八歳九カ月のルノワールの方が幸運であった、と断言することも、巨大な仕事をなしとげてから、車椅子の上で静かに老年を送ったファーブルの方がうらやましい、と言うこともできる。人生は、ファーブルにもルノワールにも拍手を送った。

第七話　浦島太郎の死体

第一景

老人は、呆けるまでは、さまざまな消老策を工夫する。そのうちの一つが老と病の分離、対立である。

講義を始めて三〇分もたっただろうか、「老教授」は、足にも肩にもだるさを感じ椅子に坐ってしまう。しかし、坐って講義するのに慣れていないから、立ち上がって続けるが、すぐにまた腰をおろす。頭もふらつく。老体のこの醜態を若い学生たちに気づかれないように、せきをし、はなをかみ、水を飲む。風邪だよ、という信号を聴講者に送る。この演技もつらいから、早く授業を切りあげてしまう。

「老教授」は、老人ではなく病人にすぎないのだと思われたいのである。全ヨーロッパ的名士である医学界の権威は、自分の余命はあと六カ月だと診断している。間もなく死人になるにもかかわらず、老人より病人の方が心地いいのである。

この病人志願者は、アントン・チェーホフの『退屈な話』の主人公である。一九世紀後半のロシヤでは、六〇歳代前期でも日本の「後期高齢者」の席についている。老化、老衰を隠すのは、人生という一篇の退屈な話の中のありふれた現象である。

今の日本でも、医者に齢のせいですよと言われると腹をたてるが、商売上手な医師があえて具体的な病名を告げると、安心して不必要な薬をおみやげのように喜んで持ち帰る。

老化は「帰らざる河」である。とりかえしがつかない。抗加齢対策は、たいてい癌にコウヤクを貼るような類いの処置である。ところが、病気には、なおるかもしれないという快い不確実性がある。老人は、生に対する確実性を手に入れるのはおぼつかないから、死に対する不確実性で手を打つのである。

老人は、だから病名をあてがってもらい、あるいは、自分で作って、一息つく。病気は急な坂道にある坐りごこちの悪い腰かけになる。

第二景

老化をなげくのはぜいたくだ、と思われるような病気もある。すぐに殺さず、死より悪い状態で命を飼い殺しにする病気がいくつもある。

国際免疫学会連合会会長をつとめた多田富雄は、老人になり学問的栄誉の絶頂にあった時、重度の脳梗塞にふいにおそわれた。免疫学の泰斗は、よだれをたれ流す老いた病人になった。

本人の表現では病気が「巨人」となって体内に居すわった。それが絶対者としてふるまう極限状況の中でこの大学者は、寿命自決権を行使する能力すら失い、ただ他人の重荷となって存在する。これは死よりつらい。存在に命があれば動《どう》は可能である。彼は重病者への法的支援のために闘う。車椅子は戦車となる。「巨人」にふみつけられた蟻はわずかのすきまで身動きするだけで、脱け出す希望は無く、医学には「巨人」を殺す力は無い。

食物を呑みこむ能力もない。しかも前立腺癌が最後の悪事をはたらいている。最悪の条件で動き闘ったあげく、不自由さの権化となった身体から脱け出すことになる。それには許可が要る。そのため彼は葬儀を演出する。それは鬼ゴッコの多田式改訂版であった。参列者たちは、〈モウイイカイー――マアダダヨ〉を故人の残した改訂版により〈モウイイカイー――モウイイヨ〉と唱和した（上田真理子『脳梗塞からの〝再生〟――免疫学者・多田富雄の闘い』）。〈モウイイヨ〉は、「巨人」とのすさまじい闘争に停戦布告して、無という解放の地へ去って行ってもイイヨ、モウイイヨという許しである。生きているのが不自然な状況がある。死が自然になる時もある。多田富雄はその自然に吸いこまれる前に、〈モウイイヨ〉を準備し、死んだ自分に贈ったのである。

第三景

作家里見弴の妻が深夜に横断歩道で車にはねられた。子供から知らされて、老作家は病院へかけつける。

「つい今しがた別れた時とちつとも変らぬ顔つきだつた。苦痛の色などさらに見られない……。

——よかつたなア！

声にならないだけで、心に私はかう呟いた」（里見弴『死とその周囲』）

八四歳の老人だから沢山の死に接してきた、しかし、「今度のやうに、いきなり安堵の想ひ、なほそのうへに、羨ましさなど感じるとは、一体これはどうしたことか……？」（同）

「……もし私に、天をも人をも憚《はばか》らぬ勇気が与へられるなら、——おい、お前、うまくやつたなア、と、肩のひとつも叩いてやりたいところ……」（同）

　これは自分の死をひかえている八四歳の老人の全身全霊の反応、つまり、羨ましさである。車が事前の準備ぬきで、苦しみなしに天国へ向けてはねとばしてくれたのである。老いた夫は、自分の場合はこう見事にはいかないだろうと思っている。

　自分の死が近く重くなると他人の死が軽くなる。車で天国へはね上げられた妻へも、絶望や悲嘆でなく羨ましさをおぼえるのは、親しい人の死を知らされても心が乱れなくなった心の老いのおかげである。里見弴は、「この安らぎ、……ありがたいことである」と自分の変化にほっとしている。

「安らぎ」は、死のようなあたりまえのことをあたりまえだと受けとる能力である。ここまでくるのに生きる上での無駄を山とつみ、八〇歳頃にやっとその山をふみ越えたのである。残念ながら老人が皆このようになるのではない。高齢者が新たにつくりだす反「安らぎ」、非「安らぎ」もまた新たな山をきずく。

他人の死に心を乱されない「安らぎ」を高齢者は、安楽椅子の上ではなく、自分用の穴のふちに腰かけて味わうのである。

第四景

柳田國男が編集した『遠野物語』の一一一話と二六八話は、棄老の慣習を伝えている。老人が六〇歳になると、デンデラ野と呼ばれる村はずれの高台へ追い払われる。ここは塚や共同墓地がある死の地帯なので、この習いは、まもなく墓に入るのだから墓地に住め、という合理的なものである。

老人はまだ生きているから、里へ下りて（ハカダチ）野良仕事をし、夕ぐれに台地へ上っていく（ハカアガリ）。岩手県の冬は寒いから、ハカダチ、ハカアガリは長くつづくわけではない。

今を生きている者は強者であり、生きる資格を持ち、死に向う一方通行の道に入った者に対しては縁を切る権利を行使する。

彼らは親子のきずなを切断する貧困の世界の住人である。死なせるために放つのだから、百姓仕事もできなくなったらなどと子供たちは心配しない。老人は自分の死を自分で始末する。

遠野の処置は、ヘロドトスが伝えるマッサゲタイ国の慣習に比べれば、おだやかなものである。この国では高齢になると親類がやってきて殺される。病死した者は決して口に入れないので、病気にもならず、気持よく食べてもらえるのは人生の幸せな終り方だとみなされた。この「幸せ」は、老人が抵抗したり逃亡したりせずに、おとなしく食べられるようにするための伝統的仕掛けだと思われる。

高齢者問題は、ここでは、殺人によって消え去ってしまう。いかなる面倒もない。手間は、食べた後で骨を片づけることぐらいである。マッサゲタイ国は、年齢のピラミッドの老《ろう》という頂上が切りとられるので、常に現役者専用の平坦な国でありつづける。

第五景

乙姫様は無時間の支配下にある竜宮城から出ることはできないが、亀は大海原を自由に泳ぎまわり、毎日のように海辺で人界の様子をうかがい、この海域一の人間通であった。乙姫様は亀の話から人間の生死のあわただしさ、老と死という時間の地獄を知り、浦島青年が魚の水々しさを保てるのは海のあわのように短いことを知った。

人と無縁な竜宮城は、呼吸のできない所にある。乙姫様は太郎を客人としてむかえるために、亀の恩人を息のいらない体にした。人は呼吸と共に老いるので、太郎の加齢は停まった。時間の無重力状態の中でお客は心から今を楽しむ。ここでは今を今として味わえる。お目出たいお客は、自分の齢が玉手箱に貯められていくのを知らない。時間を帳消しにする力は、竜宮城主にすらないので、乙姫様は恩人に時間をつけにしてやったのである。

別れぎわに乙姫様がくれた箱は岩のように重く空気のように軽い。若者は元の浜辺でお土産を開けた。白煙が浦島太郎を呑みこみ、一仕事したあと消えさると、波うちぎわに一個の死体がころがっていた。

三百年間というつけを貯めこんだ玉手箱は、一瞬の老化によって客人を安楽死させる、乙姫様の心づくしの手みやげであった。

遺体を見とどけた亀が女主人に報告すると、乙姫様の顔には満足のほほえみが浮かんだ。浜では死体に寄せる大波小波が「よかったなア」と歌っている。

第八話　手作りの翼——三浦父子遠望

「今年は滑れたから来年も滑れる」
これで人生の九六年目と九七年目がつながった
刻まれた年齢はけずれないから
加齢を下りから上がりに切り替えて昇っていく
三浦さんはこの上昇型の代表である
死へ向ってずり落ちていく多数派とは逆に
死を人生の最高段階へもちあげる
死神など祭り上げておいたらいいというつもりではない
死に近づくにつれて登ってしまうのである
最善の活人化は非日常への離陸
老人をはじきとばす自然の中で
見物人でなく主役
年寄りじみた顔がいやで

九〇歳でしわは当たり前などと
顔を年齢で割り引かない
しわ除け体操を考案し
構造的おしゃれをする
老けこむとは何か
それは年齢で自分を甘やかしたなれのはて
ロシヤの諺がいう――「足が狼を養う」
足が怠けたら狼は死ぬ
足を現役に保つのが自分への務めだ
大自然のハレの高みで足が恩返しするはずだ
歩かなければ走れない
飛ばなければ翔べない
活きなければ
生きられない
良く歩く者は良く生きる
氷山高山雪原を滑る超日常に向けて
日常のすそ野で手抜き無しに準備だ
買い物して自炊して

（手も鍛える必要があるからね）
保存用の健康食品を手作りして
作品のように並べる勤勉なヤモメの日常は
命を呑み込む氷の奈落と地続きだ
日光に雨をまぜると万物が育つ
八十何歳やら九十何歳やらあるいは百歳の三浦さんは
五〇キロの重みと一五〇センチにみたない長さの体へ
自分で水をやり自分で陽光を招いたかいもあって
天馬のように、例えば、氷河を滑り降りる
この星の一瞬が人生を更新する
健康のための健康をめざす運動は旦那芸である
三浦さんの運動は手段だから人生の職人芸である
百寿者は足におもりを付けて歩いていた
転倒し額が陥没した
武装した侍が落馬したのである
滑り疲れて再び頭を打ち
この名誉の負傷で四カ月入院となって
動の人に静が強制され

やがて動きが許されると
復活のために激しく動いた
病院の廊下が
最後の活動舞台になった
安全地帯で足は狼を見放す
一〇一歳の天馬は
命を狙う白い高みではなく
うっかり落ちた地上で
命も落としてしまった

1　天のための雑用

三浦敬三の乗物は、手製の天《あめ》の鳥船である。昼にこの航路から見おろすと、老人の大群が若者や中年を圧倒している。この巨大な百足《むかで》にはどの足にも、呆け防止、減量、血糖値低下、血圧低下、足腰の強化、のお札がぶら下がっている。

千体の千手観音が一せいに手をのばしても、この欲深い群れをさばけない。だから観音様は彼らを勝手に歩かせている。

三浦敬三は日常を天馬の生活と街の暮らしに、人生を舞台と楽屋に分割した。楽屋は、休息のための山小屋でなく、飛翔を準備する工房であった。それは天なる舞台にそなえて、体を準備するために、自分で幅広い食品群を作る調理場であった。骨も筋肉も自分で自分に対して責任をもって鍛え本番にそなえる。にわとりも魚も骨まで食べて烈風にも衝撃にも耐える屋台骨を死ぬまで維持するために毎日自分で食事をつくる。老人の自炊は恐るべき手ぬきだが、この超高齢者は、命を奪う山を相手にして命を刺激しているから、食事作りも飛行機の点検なみに手ぬきができない。体を作らずに体を使えない。作れば体に余裕が生まれる。

宇宙ロケットは地上を離れるために、ふみ台役のロケットを切り離して飛び立つ。日常で生みだされた余裕は、発射の助手役をつとめるためのロケットである。上空の危険は死への居直りである。何回も居直ってきた闘士にとって、死地が街より危険とは限らない。街での日常が生みだした余裕を足でけって三浦さんは一気に天空へ翔び立つ。スキーは足に生えた翼である。

街ではそれをたたみ、渡り鳥のように羽を休めた。翼を閉じてばかりでは人生そのものが不用であり不要になる。

だから、生まれてから一世紀になる人間が氷の高嶺をスキーで走りぬけるのは生きるための不可欠の仕事であった。

老いたら翔べない。頂上のつらなりをスキーですべり去ることはできない。九九歳でも、したがって、老いていない。死がひそんでいる頂上地帯を走り飛び去る時、九〇歳代という人間の条件は他の条件に変わり、スキーをつけているのは三浦老ではなく三浦敬三にすぎない。

これは年齢という命の年輪が、生にとっては参考資料にすぎないことを示す、最高の、生身の、まれな実例である。

老人界のこの鳥人は、雪で作った階段が崩れて転がり落ち、天空でなく地球の上で首の骨を折った。あくびをしていた死神が、これを喜んで、相手が相手だから逃げられないように用心しながら、今までつかまえ所のなかった老人の枕もとへ数カ月かけてたどりついた。

寝床では、命の血液であった動が静と交替させられ、命の流れがか細くなり、よどみだした。まだ一〇二歳にもなっていないのに、二〇〇六年一月五日、よどみが命に詰まった。

2　紅葉を翔ぶ

自分の命を甘やかさない。この生き方から息子三浦雄一郎の人生に巨大な翼が生えた。自分の体をいたわって軽い楽しい散歩をする三千万老人とはちがって、この武芸者的登山家には外出先の道路も鍛錬の場である。重しをつけた足は歩くたびに鍛えられ、わざと重くした肩の荷は計算どおり骨量を増やす。この日常は、自分を八千メートルの高みへ持ち上げる旅仕度である。

糖尿病者だが、一食二〇〇―四〇〇グラム以内の糖質などという枷《かせ》は、体に負荷を与えて強化してくれる荷物や重しの枷とは大違いで、自分を天空へ運ぶ足を引っぱる。大食い大酒で胃袋を可愛がり、命への鞭と胃袋へのあめとが手をとりあって、命と胃袋との分離政策がうまくいっている。血糖値は、激しい運動で仏像の下の天邪鬼のように押さえつけられている。

父親三浦敬三ゆずりの心臓病者で、命とりになる不整脈という魔物がエヴェレストの首のあたりで下界へ引きずり下ろそうとする。負けと勝ちをくりかえして、自分を地球の頂点にのせた。

本人によれば、太陽が出ている時と雲に隠れている時とでは一〇〇度の差がある。雲は気まぐれだから、五〇度と零下四〇度がひんぱんに交代することもある。心臓病、高血圧症の冒険者を栄光の代わりに頂上で死神が待ちうけているかもしれない。

山行きは高齢にもかかわらずではない。絶えず増えつづける齢の数という、ヒマラヤの雪と氷よりはるかにやっかいなものが、命に不意に危害を加えるかもしれない。だから常人、常識、常態の世界である低山でなく、地球の突出部へ、いっそのこと、向ったのである。

加齢という命への加重がなければ、一五年で三度も、七〇すぎてから、地上の最難所でわざわざ苦労することはなかっただろう。

人生の全山紅葉の中で寿命引く七〇歳、寿命引く七五歳、寿命引く八〇歳が追いたてていく。天に代わって自分で決めるわけにはいかないから、天命がいつ尽きるかは他人事《ひとごと》である。寿命が引き算に耐えているうちは、天を楽しみ地の苦を天へのふみ台にする。

八〇歳、三回目のエヴェレスト行きは、命の実験家の一つの完成稿である。この後には、全く別の新しい原稿を自分に贈る楽しみが待っている。

引き算が可能なかぎりは。

第九話　命の円さについて——木喰

江戸時代
まだ生きている者は
この世の後かたづけを始めている還暦で
木喰は木像作りの事始め
彫りながら北海道から九州まで
歩き廻って
作品はその地その地の田舎への置き土産
肩にしょった箱は小さいが
人生の道具がすっぽり入る
斧とのみと小刀
歌のための筆
家も財産も箱に入らないから余計物
招いてくれればそこが今夜の寝床

断られたら縁の下、山の中、草の上へ
日本を廻り廻るうちに
老人から老が落ちて
卒寿まえでもただの人
人間の苦しみの大半は
あほらしいことに心配の先取りから来る
老いると気が先走り足がおくれる
木喰からは旅の足が生え
心は後からついていく
齢と共にやっかいになる心より腕力だ
木喰には作仏《さぶつ》の手
手足で今をつかみ
今を今で生きるついでに
一つ跳びで終りも決めておく
　木喰も　いずくのはての　行きだおれ
　いぬかからすの　ゑじきなろとも
このままの今を歩いていったら
まもなく行きだおれ

数え年八九歳が視る終末の当たり前さに
老いをなげく老害も
生きている自分を死で脅かす死害もない
終りは自然の掟
木喰はしゃれこうべまで
手と足でこの自然を行く
道中には心を無駄使いさせるようなものはない
死への過程は歩きつづけること
我が身を横たえれば
道が絶える
行人木喰は生老病死のはみ出し者
命を芯だけにしたら人生が円くなった
すると不思議や
作る仏像が勝手に笑いの器に変身した
死の歌から二カ月たって文化三年秋
丹波の清源寺に現われる
和尚の接待をさえぎり自己紹介
　五穀と塩味を食せず

布団を用いず
　寒暑つねに単衣《ひとえ》
一部屋をあてがわれ
荒々しい欅《けやき》の巨材から
脱老人の怪力と速さで
笑う像を創り出す
師走の八日、宿願の千体造仏
千体目は釈迦如来
夢のお告げとやらで
木喰はこの日から仙人を名のる
四カ月の成果二八体の仏像を置いて翌年二月
明満《みょうまん》仙人は次の地へ旅立つ
九一か九二のころ
獣のように死を予感し人里を出て
自分を消すために
「いぬかからす」が待っている山へ入って行った
二百年後の秋、清源寺を訪れる
あっけらかんとした山寺

木喰　《十六羅漢像の内　迦理迦尊者像》（部分）　清源寺

参詣者の気配がない
ほったらかしのありがたさの中で
木喰作の笑顔に囲まれる贅沢さをゆっくり味わう
笑いを内へ吸いこんで
あるいは内から湧き出るのか
笑いに体が付いた群像
ふくらんだ頬の非インド的な釈迦が御本尊
従う一六体の羅漢像
抹香臭さのない木の笑い
顔は円い
面長も笑うと円い
笑いは円い
円いは明満仙人がきめた命の形
木喰の
円い仕事
円い老い
円い死

釈迦牟尼佛像（部分）　清源寺

心にある羅針盤を自己流にあやつって進んだら、それなしには生きられないと思っていた者と物が人生から脱け落ちた。捨てようと不自然な強制を自分にしないから、身にも心にも削り跡は残っていない。おかげで、他人にはひどい苦行だと思われる行動も、本人には難行ではない。米の御飯なしの暮らしで、木の実を食べるのも木喰にとっての自然食だ。三度の飯は不自然だ。体への強制だ。

木喰は何かを悟ったようだが、村の衆にはどうでもいいことである。仏像の後光は飾りにすぎない。その下にあるのはインドではなく日本の百姓の顔で、旅の僧は、農民の陽気な顔を日本国中へ配って歩いたのである。

木喰が到達した深みとは、命が笑いに乗り移ったことである。木彫りの笑いは命の化身となって、顔は命を喜び、喜ばせる陽気さに満ちて、いつのまにか円くなった。

木喰の仏像には何も供えない方がいい。花も菓子も似あわない。笑いは自足するから何も付け足す必要はない。

木喰の木の顔は笑いの容器だから、清源寺で仏像に囲まれると、静かな陽気さが頭に満ち、身が軽く、心が円くなる。

木喰　《自刻像》　東光寺

II　トルストイ八二歳

1　「心の安らぎは精神的卑劣さです」

レフ・トルストイには街で貧しい者に出あうとほどこしをする習慣があった。六〇万ルーブリの貯金をもっている大地主は、一ルーブリ物乞いにやっても、「善行」にならない。与える自分は金持のまま、受け取る者は貧乏人のまま。めぐむことは貧富の差を温存させる行為かもしれない。

トルストイは、めぐむことではなく、「自分自身が悪の外へ出る」（『それなら何をしたらいいのか』一八八六年）、これがまずなすべきことだと思いあたった。「悪」の芯は特権階層に属していることである。ここから大小のさまざまな悪がでてくる。

ヴォルコンスキイ公爵家からもたらされた財産で、トルストイのいわば領地であるヤースナヤ・ポリャーナは、九〇〇万三四〇〇平方メートル（二七二万三五二八坪）の広さである。地主邸であるトルストイ家の住宅のまわりには小作人たちのそまつな小屋がならんでいる。これは本拠地で、これ以外に、トルストイが自ら買い増やしていった土地がある。モスクワにも邸宅をかまえている。自分の階層から脱け出て、所有地を去るだけでなく、所有そのものと縁を切るには、地理的物理的次元ではこれらの領地の殿様から退位することが不可欠である。退位の初歩的な第一歩は、財産をめぐる妻との身の置き所のない内紛の地を出ることであった。非所有の解放地で人生の最後を生きるためには、執筆者に必要な場所へ、ストレスと家内紛争の彼方へ前進する必要がある。この前に大仕事があった。

まず財産放棄をし百姓の暮らしをしようと家族に提案すると、ソフィヤ夫人はそのような考えをキメラだとののしった。キメラはライオンの頭、ヤギの胴、ヘビの尾をもち、口から火を吐く怪獣で、しばしば妄想の意味で使われる。一家をそのような化物の犠牲にすることはできないとソフィヤは猛反対した。

一八九二年七月、六三歳のトルストイは、妥協し、唯一の現実的な解決策として、生きているうちに自分を死者と仮定し遺産分けを提案する。妻と九人の子供のために財産を十等分し、くじ引きをさせた。そのうち娘マリーヤだけは、父の思想的同志として、分け前を拒絶した。

たとえば、長女タチヤーナは、オフシャンニコヴォ村にある土地一九六・二ヘクタール（約五九万五千坪）とお金をもらった。彼女はこの土地を百姓に貸した。百姓たちが第一回目の地代を現金でもってくると、トルストイの娘である彼女は精神的苦痛をあじわう。彼女は父と相談して、土地からは、小作人からは、金を受けとらないことにする。彼らには、耕地と森林を無料で貸し、自分たちに共通の互助的な経費として一定の地代を積みたてるようにさせ、農民との契約書はトルストイが作った。これは『復活』に反映されている。タチヤーナは、死後、土地が農民の所有になるよう後継者に頼んだ。

ところが、百姓の中には、共通経費としての地代を支払わず、また、他人に又貸しして地代をとる者があらわれた。彼らの「投機」に腹をたてたタチヤーナは、農民の要求に応じて土地を彼らに売ってしまった。これは極めて象徴的な出来事である。百姓がトルストイ気質の地主の理想を裏切ったのである。

ともかくトルストイ個人は無への一歩をふみだした。自分を無所有者にするために、物と自分、物を持った家族と自分を無関係にしたのである。これはトルストイ家の主人、所有者の座を下りて、例外者の場に移ろうとする試みである。家庭内のこの大変動は特権階層から自己を社会的に例外化する基礎になる。悪を無くすことができない場合、せめて自分だけはその悪に加担しない。これが悪からの自己の例外化である。これによって悪は社会的に消滅しないが、これなしには悪を批判することもできない。トルストイは社会的政治的批判者としての自分に最低限の資格を与えたのである。

死後に九〇巻全集が出版され、それでもとりのこしたものがあるほどの巨大な作品、手紙、論文、等々の全てに対して著作権放棄をトルストイは提案した。

夫人は怒り狂う。トルストイは他者に、たとえ家族であろうと強制しない。強制は権力の行使であり、抑圧である。彼は強制より、大嫌いな妥協の方を選ぶ。殺気だった反対にトルストイは全てか無かではなく妥協して、時期をまるで財産のように二分割する。一八八一年以後に書かれた物に対しては作者への印税は支払わなくていい、と六三歳のトルストイは一八九一年九月、新聞に声明文を出した。作者は何ももらわないが、ソフィヤはがんばったおかげで一八八〇年までに書かれた作品の版権の所有者になった。作者ではないのにソフィヤへ『戦争と平和』『アンナ・カレーニナ』などのおかげで世界中から収入がもたらされる。

無一物のトルストイは夫人の居候としてトルストイ家に住みつづける。夫人は物を手に入れたが、トルストイは事に徹するための邪魔物を片づけた。自分がその一員である上流階層は、生きているのではなく、「生活もどき」をしているにすぎない、これは「生活の寄生虫」の生存方法であり、本物

長女の娘ターニャと81歳のトルストイ。
ヤースナヤ・ポリャーナ、1909年

の生活が可能な「庶民的勤労民衆」へ合流しなければならない。これがトルストイにとって当面の事である。

トルストイは、トルストイ家全体を特権階層から例外化できないので、自分だけをひとまずトルストイ家の例外にしたが、これは解決ではなく処置である。当分の間トルストイ家は、必ず出ていかなければならない仮住まいである。これはトルストイにとって出発点としての意義しかない。自己の例外化は、個人的にはすさまじい努力と決断力を必要とする偉業であれ、社会的には力のない単なる美徳あるいは逃亡にすぎない。

全財産を放棄し、トルストイはトルストイ家の寄生者として衣食住をあてがわれるというこの仕組み、この妥協は、事情をおぼろげに知っている者からも、全く事情に通じていない者からも誤解、憎悪、非難、批判をあびた。トルストイには自分を激変させる才能と勇気があった。非トルストイ的世間はこれを知らず、妻に財産をあずけているずるい奴だという下司の勘ぐりからトルストイに無心の手紙がひんぱんにくる。トルストイは、死ぬ三年前一九〇七年九月二〇日にあらためて新聞に自分個人の経済的事情を説明した。「まるで私が死んだかのように」不動産を相続人たちに贈った、何を書いても原稿料を受け取らない、過去の著作に関しては、一八八一年以後の物は「公共の所有物」にしたことなどを知らせた。この通知は効きめがなかった。その後の三カ月間にトルストイは一八〇通の依頼状を受けとり、その内の五〇通で要求額は一万五千ルーブリに達した。

トルストイは、日に数十通の手紙を受けとる。賞賛や感謝の手紙にまじって、財産放棄したトルストイをののしる手紙もある。トルストイに「魔王の親友」と呼びかけたある匿名の手紙では、トルストイのずるさが非難されている。

「お前はずるい、所有の拒否を唱えながら自分自身は何百万ルーブリも持っていて、それを地下出版によって増やしていることからも明らかだ。このような言行の不一致をおおい隠すために、お前は自分の所有地を女房のものにした。女房を自分の反キリスト的教えに改宗させなかったのは、これが自分にとってとてもとても損だと思ったからだ。おのれの貪欲さ、欲張り、人なみはずれたけちをおおい隠すために、お前は、貧乏人に金をばらまくのは悪である、その金は手もとに置いておく方がいいのだと思いついた。さよう——これは誠に得だ。お前は反キリストである。これはお前が老いぼれになるのをまぬかれていることからもはっきりしている。貧しい百姓が助けを乞うた時、そこで目撃した者が速足のアキレスかとみまがうばかりの速さでお前は逃げ去った。その上、お前が地獄の魔物たちと競走したら、どの魔物も駆け競べではお前には歯がたたなかった、なんて夢を私は見た……。」

（『文学遺産』三七—三八巻、モスクワ、一九三九年）

この手紙の主は、家族への生前譲渡を、一方では無所有を説き、他方では所有し続ける——この両方を同時的に可能にするずるい手だときめつけている。これが事実からもトルストイの真情からもかけ離れたものであっても、このように解釈することは一般的に可能である。この誤解は、トルストイの家族にたいする妥協と解決の中途半端さの産物であった。しかし、苦しい、いまいましい妥協は、次の激変へ通じる迂回路であったことをトルストイは生涯最後の年、八二歳になって証明することになる。

家族との考え、生き方のちがいは、例えば、食事からでもよく分かる。トルストイと一緒に『老子』を翻訳した小西増太郎は、トルストイ家に出入りしていた。彼が伝える一八九五年元旦のトルストイ一人用の昼ごはんは、一、スープ（きのこ、じゃがいも、麦）、二、ゆでたじゃがいも、三、青えんどう豆の水煮、四、キセーリ（ロシヤ式寒天）、五、黒パン、牛乳、紅茶である。家族はこんな食事をしない。夫人をはじめとして肉を食べる。

トルストイが言行不一致でぜいたくだと非難している者たちは、歯無しの爺さんの食事ということも考える必要があるとはいえ、大邸宅の主が元旦にこのような粗食をしているのを知ったらおどろくだろう。

トルストイ家の食卓にはいつもお客が坐っていた。トルストイ詣では止むことはない。それどころかますます増える。簡素化、単純化の化身になりつつある高齢のトルストイは、生涯最後の年一九一〇年四月一二日の日記に、昨日一五人がブリヌィ（ロシヤ式ホットケーキ）を喰ったと記録している。召使いが五、六人かかって大あわてで作り運んでくる。ブリヌィは冷めたらまずいから、忙しい。この光景は、「苦しいほど恥ずかしい、ひどいことだ」と、勤労民衆に属する召使いたちを旦那たちに奉仕させていることに主人トルストイ自身がうしろめたさを感じる。トルストイがどのような粗食、少食であれ召使いが作り運んでくる。トルストイも同罪である。だからこそ、自分にとって、あるいは、自分にだけ苦しいこの状況をやわらげるためにも、できることは全て自分でやるという原則を死の直前で手も足も働かなくなるまで貫いた。しかし、邸に居るかぎり「奴隷」の奉仕から逃げられない。何を考え心配しようが旦那は旦那である。

ブリヌィについて記した次の日、四月一三日、「このままの生活で執筆するのはいまわしい。彼女

お茶とお菓子も召使いが運んでくれれば、トルストイの嫌いな「ぜいたく」になる。ヤースナヤ・ポリャーナ、1909年

と話をつけるか？　出ていこうか？」

ソフィヤ夫人と家出の取引きをすれば、張りつめたままのトルストイの神経は切れてしまうだろう。「誠実に生きるためには、突進し、もがき、まちがい、始めては止め、再び始め、永久に闘い、失うことが必要です。心の安らぎは精神的卑劣さです」（一八五七年十月、二九歳）

死がせまった最晩年、トルストイは、今でも自分は半世紀前のこの文章に署名すると言った。旦那として安らかな老後をすごすことは、「精神的卑劣さ」であり、トルストイは、八〇歳を超えた自分にそれを許さない。慣れ親しんだ生存条件からの脱出はずいぶん前からの宿願であり、宿題である。二〇世紀初頭のロシヤ帝国の平均寿命は三二・九歳と推定されている。平均寿命より半世紀も長く生きてしまった。まごまごしていると、耕作勤労人民の体の上で血を、液を吸っている「寄生虫」「しらみ」のままで死んでしまう。財産放棄をはじめできるかぎりのことをやってきた。小作人にまじって農作業のまねごともしてきた。

「『私の方があなたよりもっと百姓で百姓の気持もあなたより良く分かる』ああ、やれやれ！　トルストイがこんなことを自慢してはいけない！」（ゴーリキイ『レフ・トルストイ』）

トルストイがほかならぬマクシム・ゴーリキイ（一八六八―一九三六）に自慢するのは、この若い作家がロシヤの最底辺の出身だからである。「どん底」の住人であったあなたより私の方が、と言うトルストイは、ゴーリキイの頭上にある雲の上の出身である。トルストイはリューリコヴィチであった。

トルストイはロシヤ建国者の血筋である。一二世紀につくられた原初年代記には、「我らの地は広

リューリク王朝の始祖
リューリク（9世紀）の想像図。
1672年

くて豊かだが、秩序が無いので、公として君臨し、我らを支配して下さい」と海の彼方に居るヴァリャーギにお願いした、という記事がビザンチン暦六三七〇年（西暦八六二年）の項にある。ヴァリャーギとは当時のスカンジナヴィア人で、ノルマン人、ヴァイキングとも呼ばれる。勢力拡大のために大活躍していた彼らが支配者として招かれたということになっている。ヴァリャーギは、三人兄弟を頭にしてやって来た。長兄がリューリクである。彼はノーヴゴロドを支配し、この地はロシヤの地と呼ばれるようになった。

半ば伝説的人物であるリューリクの血を受けついでいる者はリューリコヴィチと呼ばれる。リューリク王朝はイヴァン雷帝の息子フョードルの死（一五九八年）で断絶し、ロマノフ王朝に代わった。ロシヤ帝国の代表的な名門ヴォルコンスキイ公爵家、ドルゴルーコフ公爵家、オドーエフスキイ公爵家等はリューリコヴィチである。

トルストイの母親はヴォルコンスキイ公爵家の出なので、トルストイは母親の血筋からリューリコヴィチである。勤労民衆の、とくに農耕する民の、貧民、不幸者の擁護者トルストイは、庶民とはかけ離れた帝政ロシヤ最高の家柄に属していた。

父方の家系は、トルストイ伯爵家である。一八一二年のナポレオン軍の侵入でトルストイ家は財産を失ってしまい、トルストイの父ニコライの代には多額の借金が残っていた。ニコライのために親類が金持の花嫁をさがし出した。花嫁候補は、四歳年上で、とうの立った老嬢だとみなされていたが、その代わりヴォルコンスキイ公爵令嬢である。この打算による結婚でトルストイ家は、経済的に息をふきかえす。夫婦は、ヴォルコンスキイ家から贈られたヤースナヤ・ポリャーナという広大な領地に住み、レフ・トルストイは将来ここの四〇室ある木造三階建ての家の主になる。

森本公誠・元東大寺別当によると、仏教では天国でも地獄でも食堂は外見的には全く同じで、長い長い箸で食べるところまで同じ。ところが、地獄では、箸が長すぎて自分の口に入らないので少しはなれた他人の食物を取って食べる。取られた方は怒り、けんかがたえない。天国では長い箸でおたがいに他人の口へ食物を入れ、全員満腹し、けんかどころか和気あいあいとしている。（森本公誠『世界に開け華厳の花』）

天国の食堂には収奪者も権力者もいない。万人がおたがいを養い、食物という富の分配は平等である。

もしロシヤにあれば、トルストイは毎日通うだろう。なぜならその食堂では不平等、搾取、収奪、暴力、強制、政治的テロリズム、テロリスト的社会主義などトルストイの有形無形の大敵がいないうえに、トルストイ家のように給仕する者される者の区別もないからである。

長いあいだ人一倍長い箸で自分たちのために食物を取ったあげく、その社会的不公正、いまわしさに気づいたトルストイにとって、人のためにおたがいに食物を取る場は所有から解放された大地である。帝政は土地所有の上にあり、その頂点の皇帝はロシヤ最大の地主である。トルストイ個人は地主の地位を返上したが、トルストイ家は地主でありながら彼は依然として土地私有の悪について書く。他人の土地の上で働かされている耕作者の血と液を吸いつづけている政府と教会に対して、ペンで闘うことが老いたトルストイの天職になった。

孔子の弟子である子路が先生からはぐれてしまった。出会った老人に先生を見ましたか、とたずねると、老人は、手足を動かして働きもせず、穀物も作らないのに、先生とは誰のことだ、と言った。

（『論語』巻第九）

老人の正体は不明だが、百姓ではない孔子の姿をすでに見ていたかもしれない。子路も孔子の弟子だから耕作者ではない。自ら耕している老人には一目で分かる。

直耕者でない者は、師と呼ばれる資格はない、というこの古代中国の一老人はトルストイの同志である。直耕者でないことにひけめを感じつつ人に「真理」を説いているトルストイには、師の資格はないことになるが、耕作者か否かのちがいを人間判断の排他的、絶対的基準にするのは危険である。トルストイの政治的立場には、時代とロシヤを超えた先進性がある。しかし、この危険性のせいでその先進性がひび割れを起している部分がある。「賢者の言うことはいつも真実だが、真実には軽視していいものもふくまれている」（アリシェル・ナボイ、一四四一—一五〇一）

トルストイを人生の師とあおぐトルストイ主義者を名のる者が増え、集会を開いているが、トルストイには、関係のないことであった。出むけば師と弟子になってしまう。トルストイは師になるつもりは全くない。弟子は師に対して自由ではない。対等な対論者であればおたがいに自由である。師は一般的に知識人である。知識人層は「軽蔑すべき徒党」である、とトルストイは言う。誰かが、あなた自身も知識人ではありませんか、とつっこむと、トルストイは「なぜあなたは忌まわしい言葉で私を罵るのですか」と返した。

知識人は非耕作者の言いかえとしても侮辱語になる。トルストイは、少し耕し、直耕者でない作家として多く受け取り、「忌まわしい」知識人でありつづけたことに忌まわしさを感じつつ政治的に闘っていた。

一八九六年四月、六七歳のトルストイは息子レフに自分の姿勢を説明している。政府が悪だとみなしている事と、神に対する神聖な義務とを、死ぬまで休まずにやっていく。国家権力がやるなと言う事をやるのはトルストイが考える神の意にそうのである。権力と神との対極化はトルストイの政治的宗教的立場の土台である。教会は好き勝手にキリストを歪めて民衆を支配している巨大な権力、悪であり、これは神から遠い。トルストイの言動が反政府、反教会であるのは当然である。そして権力がトルストイを国家と教会への反逆者として監視下におくのもまた当然であった。

「ニヒリストで無神論者」の青年が三回ほど訪ねてきて、本をくれと頼んだ。トルストイは数編の論文を与え、自分の考えを熱心に語った。一八九六年六月六日彼は、おそらくトルストイの論文を読んでから書いた手記をトルストイに手渡した。手記には、彼が憲兵隊の下士官であり、トルストイの動きをさぐるために送りこまれたスパイである、という告白が書かれていた。このスパイは役目がいやになり、身分を明らかにしたのである。

トルストイは、この出来事を忌まわしい、そして、嬉しい、と息子レフへの手紙に書いている。トルストイと正反対の立場にある者、「ニヒリストで無神論者」が彼の文章を読むことで汚い仕事を棄てたとしたら、嬉しいことである。

反権力的反教会的論文を死ぬまで書くつもりだから、この二つの権力もまた死ぬまで追ってくるが、この非武装の老人を追いつめることはできなかった。

釜ヶ崎（大阪）で二畳一間の木造アパートに住み、貧しく不安定な労働者たちの中で独自の聖書理解を深めていったフランシスコ会の本田哲郎神父によれば、神は上から救いの手をさしのべ、上へあげてくれる存在でなく、「神はいちばん小さくされている人々と共に働く」（本田哲郎『聖書を発見する』）。神は、小さい人間でなく「小さくされている人間」、貧しい人間でなく「貧しくされている人間」と同じ位置にある。これは神学部でも留学したローマ教皇庁立聖書研究所に居ても気づかなかった。釜ヶ崎で働く人たちと交じりあって生きる、その過程ではじめて彼らは小さくも貧しくもなく「小さくされている」「貧しくされている」人、自分のせいで小さく貧しいのでなく、体制、制度によって「されてしまった」のだと分かった。

キリストは、弟子たちに、村をめぐって真実をときあかすよう頼んだ。そのさい、パンも物を入れる袋もお金も持たず、ふだん着を一枚だけ着て行けと言った。

キリストは、弟子たちが上から告げるのでなく、「小さくされた者」と同じように貧しく小さく村に入り、彼らと同じ「低み」に立って語りかけるようにさせた。本田哲郎訳の福音書（『小さくされた人々のための福音』）では、「小さくされた仲間十二人を派遣する」という見出しがついている。出むく先は、力もお金もない、権力とも権威とも無縁な者が居る場、社会の凹地「低み」である。そこへ入りこむことができるのは「低み」の住人と同じ「小さくされた者」だけであり、これは福音書全ての立場だから、マタイ、マルコ、ルカ、ヨハネの四大福音書に「小さくされた人々のための」という表現を訳者が与えたのである。

「天の高みに玉座をすえておられる栄光の神、その高みから天地を『見下ろされる』神、その神が『謙遜に』『低く下《くだ》って』被造物である人間となって、人類を救済してくださる……」という今までの神学にもとづいて聖書の翻訳がなされてきた（同）、これに対する反逆的翻訳が本田訳である。

一九世紀ロシヤで「人民の中へ」という若い知識人たちによる農村への働きかけはことごとく失敗した。彼らは地主支配下における農奴、農民と同じ小さく貧しくされた人間として村へ入っていったのではない。若い旦那たちによる教化という上からの働きかけを「低み」がはね返したのである。

老いたトルストイが、自分の富と闘い、死ぬ直前まであがきつづけたのは、貴族、地主、金持の高みから少しでも耕作・勤労民衆の「低み」へ移り住むためであった。民衆が「貧しくされた者」「小さくされた者」であることをトルストイは、百も承知だから、彼らを貧しくしている、小さくしている勢力と言論で闘いつづける。彼にとって神の正体は愛だから、それが無い教会で祈ることを止め、いかなる宗教行事にも参加せず、いかなる秘跡も認めない。迷いの時期にあわい期待をいだいて教会の儀式に参加し、外へ出たら、昇降口に物乞いする者たちがならんでいる。最も天国へ入りやすいはずの者たちが教会に入れず手をさしだしていた。

教会の建物へ入ったのは一時の迷いであり、教会の高みとは縁を切って、教会外にたむろしている者へ、広くは、一億の民衆の中へ入っていく資格を自分に与えることが義務になり、そして、強迫観念になった。ソフィヤとの煙が出るようなまさつは、常に、ここからであり、彼女との衝突を夫婦げんかとすれば、その原因は他の夫婦には無い特殊特異なものである。なぜなら夫は、自分を鉄のカッコが付く「狂人」と思っている変人であり、いつ家族を路頭にまよわせるかもしれない危険人物だからである。「狂人」は、捨てよう捨てなければならないと思い願うが決して世捨て人になろうとはしない。「狂人」には、無数の敵たちと闘う社会的政治的発言が不可欠である。この点でトルストイは日本文化史上の「物狂ひ」とは全くちがう。

明恵上人（一一七三―一二三二）は、桜の木あてに手紙を書き、訪ねたことのある島とは旧知の間がらなので、「島殿」へも手紙をとどけさせた。上人はそのような「物狂ひ」であった。この仏教者は、「狂」を捨てて自分を人なみにするどころか、「狂」と無縁の者は自分とも縁がない、「物狂はしく思はん人は友達になせぞかし」と「物狂ひ」のまま生きていく。

トルストイの財産放棄、地主でなく耕作者として生計をたてる、特権をもつ上流階層という自分の仲間たちとの棲息地でなく大地の上で生きようという「妄想」は、体制に牙をむいている「狂」であり、明恵の非政治的「物狂ひ」は社会的、階級的次元ではないので、国家権力にとっては放っておいていい無害な奇行である。ところが、「狂人」トルストイは、国家権力、教会権力にとって捕獲できない有害獣であった。その害は高齢化とともに大きくなっていく。

トルストイが生涯かけて創りつづけたものは自分であった。その創作の成果が作品である。それらは「自分」から出てきたもので、彼の歩みを多少とも知ると、作品の中でなつかしい出来事、思想、感情に出会うのはこのためである。人類は個から成るから、個の徹底的追求は人類性をもつ。トルストイは自分個人を人類化し、たとえば、財産放棄という極私的な出来事が広範な人間に共通する問題群の集約になる。八二歳のトルストイによる「トルストイ」製造は、広大な画布に最後の決定的な一筆を加える仕事であった。それによって「トルストイ」が一応完成するはずであった。この仕事には死という〆切りがあり、全てが一応となる。最後の長編『復活』だけでなく、戦争をさせない、処刑させない、教会に神とキリストを独占させない等々の働きかけ、思想も、耕す者の首かせにならないための努力も未完である。未完成とは後世二一世紀にとっては、それらが原石のままであることを意味する。

トルストイが落ちつかない老年を生きなければならなかった一つの原因は、トルストイ家の収入と農民、貧民の稼ぎとの大差である。しかし、二一世紀の三大経済大国アメリカ、中国、日本における貧富の差、例えば、日本の大企業の重役たちと時間給で雇われている非社員との差は、トルストイ家と小作人との差を引きはなしている。年収数億円から数十億円の幹部と時間給八五〇円の非社員との差は、グリム童話のお城に住んでいるお姫様と豚飼いの少年との格差よりはるかに大きい。トルストイは、自分の生存の場を、家をすてなければならないと考えていたが、二一世紀の大会社の最高経営責任者が財産から逃げ出したという話は聞いたことがない。

トルストイが闘った相手——権力、暴力、テロリズム、貧富の差等の問題群は現在の方がはるかに

みすず 新刊案内

2015. 8

活動的生

ハンナ・アーレント
森一郎訳

「私が心がけようと思うのは、活動しているときわれわれはいったい何をしているのか、をじっくり考えることであって、それ以上ではない」。

われわれが他者と共に住まい、言論と行為を通して生きている複数性の世界、つまり政治の世界に属しながら、一方で時代の明白な特徴の一つである思考欠如のなかで、何を考え、理解し、判断すればよいか。世界から撤退する単独者の思考ではなく、世界にかかわりながら政治哲学者として何ができるのか。その解答のひとつが、本書である。

哲学的主著『人間の条件』のドイツ語版からの新訳。ドイツ語で思考していたアーレントが英語で発表した『人間の条件』にみられた一種のわかりにくさは、著者自ら手を加えた母語の版からの翻訳によって鮮やかに生まれ変わった。アーレント思想の核心をなすこの現代の古典を、精密かつ読みやすい日本語で、ここにおくる。

A5判　五六八頁　六五〇〇円（税別）

20世紀を考える

T・ジャット　聞き手＝T・スナイダー
河野真太郎訳

快著『ヨーロッパ戦後史』で一躍名を知られた歴史家ジャットが、不治の病で失われゆく力を振り絞って若き友人＝歴史家と書き上げた、この百年の精神史。待望の刊行。

「本書はヨーロッパとアメリカ合衆国における近現代の政治思想の歴史だ。その主題は一九世紀終盤から二一世紀初頭にかけてのリベラル、社会主義、共産主義、ナショナリスト、そしてファシストの知識人たちによってさまざまなかたちで理解された、権力と公正である。本書はまた、二〇世紀の半ば、第二次世界大戦とホロコーストという歴史的激動の直後に、そして東欧で共産主義者たちが権力を掌握しつつあった時にロンドンに生まれた歴史家にして評論家のトニー・ジャットの知的な伝記でもある。そして最後に、本書は政治思想の限界、そしてその再生の可能性、についての、また政治における知識人の道徳的・精神的失敗、そしてその義務、についての思索でもある」（「まえがき」より）。

四六判　六五六頁　五五〇〇円（税別）

失われてゆく、我々の内なる細菌

マーティン・J・ブレイザー
山本太郎訳

十九世紀からの細菌学によって、人類は微生物が病原になることを知った。そしてカビに殺菌力が見出される。抗生物質の発見である。以来この薬は無数の命を救う一方、過剰に使用されてきた。抗生剤は「害」にはならないという前提に基づいているからだが、しかしそれが間違いだとしたらどうなのか。

人体にはヒト細胞の三倍以上に相当する細菌が常在している。こうした細菌は地球上の微生物の無作為集合体ではなく、ヒトと共進化してきた独自の群れであり、我々の生存に不可欠だ。その最も重要な役割は先天性、後天性に次ぐ第三の免疫である。抗生剤の導入以来ヒト常在菌は攪乱され続けており、その結果生じる「害」の深刻さに、本書は実証的な警鐘を鳴らしている。

その害は、食物アレルギー、潰瘍性大腸炎、肥満、喘息、そして自閉症にまで及ぶ可能性がある。解明のヒントとなったのはピロリ菌。人体への認識を塗り替える一冊になるだろう。

四六判　三〇四頁　三二〇〇円（税別）

イングランド炭鉱町の画家たち

〈アシントン・グループ〉1934−1984

ウィリアム・フィーヴァー
乾由紀子訳

イングランド北東部、炭鉱町として栄えたアシントン。かつてここに、働く男たちの画家集団〈アシントン・グループ〉があった。本書は、仕事や暮らしの情景をありのままに描き、いまなお光彩を放つ作品群と、彼らの歩みをたどる異色の美術史である。

始まりは一九三四年、アシントンで開講した労働者向け美術講座。参加者は生粋の鉱夫をはじめ炭鉱に深い関わりのある人々だ。講師ロバート・ライアンと男たちは、美術制作の歓びを通して長きにわたる友情を育み、〈アシントン・グループ〉の作品はやがて英国美術界で独特の位置を占めるようになる。

いっときの持て囃しや時代の風潮とは一線を画し、自らの天地である炭鉱に愛と誇りを抱き、生きられた時間を描き続けた。

「どんな美術様式、思想、社会の動向にも絡め捕られることなく、実にユニークな道筋をたどった画家たちの存在意義を証明した力作」（「訳者あとがき」）。［カラー図版多数］

A5判　二二四頁　五八〇〇円（税別）

深刻で危機的である。独特の政治的人間であったトルストイの生き方と提案は、二一世紀人にとって、これら問題群解決の原石として残っている。われわれ二一世紀人がトルストイと向き合い、つきあうのは、この原石を二一世紀用にみがきつづけることを意味する。

2 「神はここに、この絞首台に吊るされておられる……」

トルストイは物乞いに出会うと習慣的に小銭を与えたが、これは彼にとって慈善ではなく、たしなみにすぎない。慈善は問題を解決しないと考えていたが、出された手の前を通りすぎるのは不可能なので、精神的に身だしなみを整えていたのである。

八二歳の高みからふりかえると、もう昔話だが、トルストイは、百姓のセミョンとモスクワの街を歩いていた。老人が物乞いをしている。トルストイは二〇コペイカめぐみ、セミョンは三コペイカ老人に与えて二コペイカおつりをくれと言った。老人の手のひらには三コペイカ銅貨が二つ、一コペイカ銅貨が一つあった。二コペイカ銅貨は無い。三コペイカを取れば、ほどこしの否定になる。セミョンは、手のひらの一コペイカを取ろうとしたが、思いなおし、帽子を脱いで、十字を切り、おつりなしで三コペイカを老人にやったまま去っていった。（トルストイ『それなら何をしたらいいのか』一八八六年）

キリストはさまざまな人が会堂に寄進するのを見ていた。貧しい未亡人がわずかの寄進をした。この女が誰よりも多くさし出したのだとキリストは言った。モスクワでトルストイとセミョンに出会ったら、キリストは言うだろう、セミョンはトルストイより測りしれないほど多くの金を老人に贈ったのであると。トルストイには二〇コペイカは痛くないが、セミョンには三コペイカと一コペイカの差は痛みである。老人はセミョンより貧しい。だから考えなおして、おつりを取らないで、しかも老人に敬意を表して去った。これに比べるとトルストイなどまだまだである。

これから百年以上時が過ぎ、釜ヶ崎で本田神父は、路上で亡くなったり、病院にかつぎこまれてから死んだ「行旅病」の死者たちのために慰霊の儀式を行っている。

一人の労働者が祭壇の所までやってきて、本田神父に五百円玉をつき出し、両替してくれと言った。場所も時もわきまえないこの行為に神父は内心腹をたてる。

「するとその労働者は頭をかきながら『わしなぁ、五百円玉一個しか無いねん。名前見てたらわしの連れが死んどる』。だから、お供えしたい。だけど明日仕事があるかもしれないから、朝飯代だけは取っておきたい。それで『両替してくれ』といったというのです。

わたしは頭をガツンとなぐられた思いで、恥じ入りました」（本田哲郎『釜ヶ崎と福音』）

セミョンも物乞いから二コペイカおつりをもらったら、釜ヶ崎の労働者が朝飯代をとっておくように、それで自分と子供のために黒パンが買えたのである。釜ヶ崎で手配師がくれる仕事はたいてい建設現場の力仕事だから朝食は欠かせなかった。

宗教的清貧は特殊な少数者たちの特権である。魚の棲めない清らかな水に似て、この貧しさの中では、農民も漁民も職人も働くことはできない。

道元（一二〇〇—一二五三）は、僧は一日一食、俗は多食で、僧は世の中と逆に生きている、と言ったが、この逆とは、山寺での静坐、静思と漁場や畑や作業所での労働との違いである。

昔、ロシヤで働き手をやとう場合、主人は希望者全員とごはんを食べる。その中で一番しっかり食べた者が合格する。多く食べる者は多く働くからである。パン一片とぶどう酒一ぱいというキリストのような清貧の徒は最低点しかとれない。労働に依存している民衆の生活は、食べなければその回転が止まってしまう。五百円玉は、今日と明日をつなぐ重要な動力源である。

トルストイは自分にぜいたくを禁じ、常に少食粗食だったが、もし勤労者に宗教的清貧を説けば、百姓のことを何も知らない旦那と思われただろう。

「貧しく小さくされた者」の居る所が本田神父にとって「教会」であり、一般的に教会は不必要なはずである。キリスト教は、教会におけるキリストのための儀式と、その外に待っている物乞いとに断ち切られ、「貧しく小さくされた者」の所へ行こうとしたキリストは堂内に入らないだろう。教会の外にたたずむ、しいたげられ打ちひしがれた者の群れの中にその一員として立っている、そのキリストが本田神父のキリストであり、老人トルストイはそのキリストと「同行二人」になった。

トルストイが死んでからわずか三十数年で、ユダヤ人エリ・ヴィーゼルは、ユダヤ人絶滅用のアウシュヴィッツに入れられた。ナチスによって人工的に作られた地獄の中である男がたずねた。

『いったい、神はどこにおられるのだ。』

そして私は、私の心のなかで、ある声がその男にこう答えているのを感じた。

『どこだって。ここにおられる——ここに、この絞首台に吊るされておられる……。』

その晩、スープは屍体の味がした。」(エリ・ヴィーゼル『夜』村上光彦訳)

絞首台には、囚人が吊るされている。ついさっき三人が吊るされ、二人の大人は自分の重みですぐ死んだが、少年の軽い体は自分を殺すのに時間がかかった。この幼い囚人の命は吊るされたままゆれている。だから神がここに、この絞首台に吊るされている。これがヴィーゼル少年に視えたのである。釜ヶ崎の炊き出しの列に自分のキリストもならんでいる、と思うカトリックの本田神父とヴィーゼル、宗教も民族も時代も異なる二人が吊るされているキリストの側に立つ。

吊るす側でなく、支配する側でなく、命令する側でなく、拷問する側でなく、される側に自分のキリストが居る。トルストイは、される側に身をおいて、国家権力否定、死刑廃止、暴力否定、反戦不戦、反教会権力闘争のために反キリスト的権力との闘いを高齢になってますます激しくつづける。

これらの問題群にテロリスト的社会主義が入る。テロリズムを理想社会実現の主要手段とする社会主義者もトルストイは、殺人、暴力否定の立場からきびしく批判する。トルストイは、一方では権力、教会と、他方ではその激烈な批判者テロリストたちと闘う。両翼に敵がいる。両者とも民衆の寄生者、人民の友のはずのテロリストたちも寄生者で、両者は両極だが、共に勤労民衆、耕作者の体の上で血を、液を吸って生きている寄生虫で、民衆の敵である、とトルストイは批判する。

その中には〝高潔な〟テロリストが居て、例えば、くる日もくる日もはり込みをつづけたあげく、やっとモスクワ総督の馬車が通る道と日時を知って、馬車が予定どおり走ってくるとイヴァン・カリャーエフ(一八七七―一九〇五)は馬車の前に出て爆弾を投げようとするが、馬車に子供が乗っているのを見て引き下がった。目的はアレクサンドル二世の息子であるモスクワ総督セルゲイ・アレクサンドロヴィチ大公を殺すことであり、子供がセルゲイ大公の弟パーヴェル・アレクサンドロヴィチ大公の息子と娘であっても巻きぞえにすることはできない。テロリストたちは、のちに子供に守られていなかった大公を殺すことに成功した。大公夫人は獄中にカリャーエフを訪ね、このテロリストが子供と自分を殺さなかったことに感謝した。二一世紀の無差別殺人者たちの対極であるカリャーエフのこのふるまいは、ロシヤ・テロリズムの一面をあらわしている。

皇太子の血友病を治してもらえるかのような幻想をいだいた皇后にとりたてられ、最高権力の中枢に巣くう妖怪となった聖職者まがいのペテン師グリゴーリイ・ラスプーチン（?―一九一六）は暗殺された。成人したこの男の子、ドミトリイ大公は、その殺害者の一人である。カリャーエフが生きていたらこのテロリズムに喝采しただろう。

テロリストは権力者の血を求める。子供であっても権力者の階層に属しているなら流血の対象になる、という主張が生まれるのもまた自然であった。トルストイが文通することになったエス・イ・ムンチヤーノフはそのような立場の革命家である。

トルストイは二匹の寄生虫のいずれにもくみせず、働く民衆という「健康体」に同化するため自己を自分の階層から例外化した。これは何よりもまず寄生虫群からの例外化であった。これは自己変革の行為であり、殺人、暴力などの「悪い手段」ではない。この点で革命家とトルストイは対照的である。

しかし革命家から見れば、トルストイは特権階層に居つづけながら愛を説いているにすぎない。流刑囚である革命家ムンチヤーノフは、ひとえに愛によってのみ良い生活を手にすることができるというトルストイの信念が余裕のある暮らしむきから出てくるのだと反論している。「愛について語ることができるのは、育ちが良く、しかも腹が満たされていると感じている時です、育ちが悪く、ずっと食うや食わずでやってきて、吸血鬼や主人たちに奴隷視されている場合には愛どころではありません」（『文学遺産』三七―三八巻、一九三九年モスクワ）

おそらく最下層の出身だとおもわれるこの流刑囚は、トルストイの革命家批判を、非民衆的出自に結びつけている。良家出身でゆとりのある暮らしから愛が主張できるのだという非難は、トルストイの財産放棄についての曲解や誤解、非難と根は共通している。

トルストイは、経済的に出自から縁を切っても、出自はついてまわる。

「愛によってではなく、全世界が血に沈むような具合に敵と闘うはめになる。つまり、一人の卑劣漢も残らないようになるまで奴らをやっつけなければならないのです、幼い子供にすらあわれみをかけてはならない。少なくとも、後になって子供たちが我々に何の危害も加えないようにしておくのです。労働者が彼らに全ての――教育や飢えの――恨みを晴らすだろう。あなたが、おそらくその日まで生きていないのは残念だ。じゃ、あなたに幸せな死がありますように」（同）

一九一〇年一月五日付のシベリヤの流刑地からの手紙を受けとったとき、トルストイは八一歳である。トルストイの命はあと一年も残っていない。だからムンチヤーノフは論敵の死の幸福を願って手紙をしめくくったのである。敵の子供たちに、例えば、自分たちが教育を受けられなかったことで復讐するというムンチヤーノフの言葉どおり、これから七年数カ月後に起った革命後に旧特権階級の出身者は高等教育への道をとざされる。

「片足を棺おけにつっこんでいて、死を言葉でなく実際に今か今かと待ちうけている」トルストイは、「自分の生活を大衆の生活と合体させる能力の持主」であり、「自己犠牲という人間の最も貴い能力の持主」であるムンチヤーノフに返事を書く。トルストイ流のロシヤ変革の方法を自分の特権的生存条件に帰せられたトルストイは、一般論の高みから反論する。

「今こそ自分の持論を一時わきにおいて、物の本質を無私な気持で究明されるよう切にお願いします。その本質とは、かんたんに言えば、こういうことです。経済的なものであれ政府によるものであれ、一部の人間による他の人間への無意味で憤慨すべき暴力を無くすためには、すべての人が万人の幸福あるいはせめて多数者の幸福を自分個人の幸福よりも大切だとみなすことが必要です。このような状態は、今権力をふるっている連中が、これは万人の幸福のためだと自他ともに納得させながら行使している流刑、監獄、処刑などという獣的な手段によってでもなく、あなたが提案し約束なさっている子供をもふくむ皆殺し、という手段によっても実現され得ないのは明らかではありませんか」（同）

原生林にかこまれたシベリヤの流刑地から囚人は答える。権力の暴力だけでなく権力への暴力も完全に否定し、例えば、人は兵士にならない、兵士は勤めを果さないという非暴力的抵抗によって権力悪の息の根を止めようとするトルストイの立場は、受けいれられない。ムンチヤーノフはこの点でのトルストイ批判をまたもや出自の、暮らしの、階層のちがいとからませる。

「もしも兵士たちが勤務につかなければ、われわれの目的は達せられるというあなたの意見に、私は、もちろん賛成です、しかし、レフ・ニコラエヴィチ、温い温いところに居て、満腹しており、靴もはいており、育ちが良い、そんな連中には待つのも結構なことでしょうが、われわれ腹を空かせた貧乏人は重荷を引きずりながら、こういう満ち足りた育ちの良い連中をながめ、海辺で天気を待て、ということになるのです」（同）

トルストイの非暴力主義には、海辺で天気を待つという慣用句があてはまる、何もしないであてにもならない何かいいことを待つことだ、とムンチヤーノフは言う。満ち足りた人間は待つことができるし、待つのも楽しいかもしれない。空腹の者は満腹の者をながめるだけで、決して手をだしてはならない、どこからか何かいいことがもたらされるのを待て。ひどい話である。待つのは、重荷をひきずっている、何の楽しみもない苦しい仕事をえんえんとやらされている者には、あわない話だ。ここでは「悪い手段」の否定、非暴力的抵抗が待つという概念におきかえられて、トルストイの立場が民衆的でなく旦那的であることが非難されている。「両足とも腫《は》れで痛み、ゆっくりとしか歩けず、そして飢えている」（同）流刑囚が、待つことを拒否している。待たないことは、流血の手段に訴えるということであった。

しかし、ムンチヤーノフにもまよいが芽ばえた。「十字路にあって、どちらへ行くべきか分からないような状態になった」「『革命』の道を行くか？　そこからは汚れと悪臭がただよう」と、「仲間には汚れがひどく多い」（同）と認めている。「汚れ」が何をさすか説明はないが、ドストエフスキイの『未成年』の登場人物ヴェルシーロフが変革の実際活動から距離をおくことになる「過程の長靴的性格」と交差するかもしれない。どのような理想も実現するためには、長靴をはかなければならない。この弾圧者の、武装者の象徴である物を変革者がはくことになる。砂けむりがあがり、血が流れる。

長靴同志の間に支配服従の関係が必然化され、理想共有者の間のきれいごとではすまされないことも起る。

ムンチヤーノフのまよいがどうなったかは分からない。文通がと切れたからである。この社会主義者、革命家、無神論者が、敵を血の海にと書いてからわずか二カ月ほどで革命の道を行くことにためらいのようなものを感じていることに、トルストイはひとすじの光を見たのではないかと思われる。

目的は手段を正当化する、という作風をトルストイは完全に否定する。悪い手段は良い目的を殺してしまう。トルストイの死後わずか二〇年でロシヤはこのことを自らの巨大な犠牲によって証明することになる。崇高で、遠大な目的は、しばしば手段を選ばない。これは大きな歴史的集団的運動だけでなく、個人のささやかな行為にもあてはまる。トルストイの文書類の中に彼が関心をもった一事件の当事者の手紙がある。百姓のせがれで一八歳のミハイル・バリヒンは、一三歳のとき店の小僧にだされ、五年働いて、その間の給料五〇ルーブリを受けとった。半分を両親に送金し、残りの半分を、飢餓の犠牲者に寄附した。帰郷する直前、一九〇七年四月七日ペテルブルクの学生食堂で見知らぬ四人の革命家と出会い、店を襲撃して、うばった金をすべて飢えた者と失業者にやろうと決めた。収奪は失敗し、バリヒンは追手を射殺してしまった。彼は七月二三日処刑された。

この若者は新聞で農村の飢餓について読み、飢えた百姓を救うため強盗に入った。これはいわゆる「収奪者の収奪」で、資本家や地主などの富を民衆からの収奪品とみなし、それを民衆へ返す行為である。これは、もちろん、トルストイのいう「悪い手段」の一つである。この手段を行使したバリヒンは、五年間の全収入を親と飢えた者にさし出している。彼の動機に不純なものが入る余地はない。

餓死から救おうとする願いが純粋であるため、強盗行為の悪が消えたのである。良い目的が悪い手段を正当化する小さな一例である。バリヒンにとって殺人は偶然であった。「もしも、資金への道が全く罪のない人の死体と血をまたいでいると分かっていたら、私は、絶対に収奪に加わらなかっただろう」(同)。「悪い手段」に差があり、彼の場合は、目的のためには「全てが許される」という地点には到っていない。しかし収奪という方法を選ばなかったら、「死体と血」はなかった。

バリヒンは後悔したが、しかし、死刑の日の朝、まさに死を前にして一八歳のこの若者は、絶望ではなく高揚した気分で家族へ手紙を書いている。

「私はすすんで死に向います。もうすでに御存知のように、飢えた人たちの為に自分の身を滅ぼします、自分の持金で援助しましたが、不十分でした。もっと助けたかったが、そうはできず、一方、自分の命は失うというのが定めです。何のために死ぬかが分かっていますから、神父から送別の言葉をもらって、すすんで死に向います。ママ、幸せになって下さい、生きて、隣人を助け、彼らと最後の一片を分かちあい、隣人に不当な仕うちをしないように。飢えた人のために自分が死ぬほうがましですよ、飢えた人を自分の目の前で死なせてしまうことのないようにして下さい」(同)

バリヒンは、いわば義賊である。大金持から盗んだ金を貧乏人に分けてやった盗賊に似ている。死を前にして、犠牲者への哀悼はなく、飢えた者のために我が身を滅ぼすという高揚した感情が彼を支える。犯罪者としてでなく、義人として死刑台へ向う。

この青年がどれほど高潔な人格の持主であっても、トルストイは、革命家たち一般を批判した言葉を彼にもあてはめるだろう。「うたがいもなく最も馬鹿げた、有害な、不道徳な行為」(トルストイ九

○巻全集第三六巻、モスクワ―レニングラード）
なぜなら人を殺したからである。目的が救済であっても、人には人の命を奪う権利はない。トルストイは死ぬまでこれを主張し訴える。

3「ほら、人間の姿をした悪魔がいる」

トルストイにとってキリストは、人間であり、神性をもたない。したがって、キリストに祈るのは「この上もない冒瀆である」。トルストイは、史的キリストの存在だけを認め、教会や神学が作りだしたキリスト像をしりぞける。キリストの言行で理性に合わないもの、奇跡や神秘は後世の捏造であり、くず、汚物として福音書から洗い落す。

異物、夾雑物を見わけるのはトルストイ自身である。したがって、そこに姿をあらわした史的キリストは、トルストイの私的キリストである。何でも自分でする。汚物の処理も下男にやらせないで自分でやる。身なりも自分で決める。だから百姓風の粗末な服を着るので、上等な服装のソフィヤとならぶと夫婦というより地主夫人と小作人である。キリスト像ももちろん自分でつくる。

信仰心の無いチェーホフが言う。「私は信者ではありません、しかし全ての信仰の中で自分に最も近く、合うのはトルストイの信仰です」（ミハイル・メンシコフあての手紙、一九〇〇年一月二八日）。なぜなら、トルストイの信仰が理性で構成されており、教会と無縁だからである。それはもはや宗教でないという批判があっても、人間キリストが大切であり必要なので、それを否定する教会や神学は、トルストイが生き、活動するさい邪魔になっても必要になることはない。人間キリストの造形は、破門に価する罪である。

トルストイは、キリスト教から、聖書から教会を追いだし、自分が考えるキリストの原型を、聖書の「汚物」の中から取り出す。それは作中人物の創造に似た、自分のキリストの誕生である。そのキリストは、言論による闘い、教会、政府、体制への批判活動の中で形成された自分と民衆に必要なキリスト像であった。人はそれぞれにそれぞれのキリストを、神をもつ。

ドストエフスキイの「大審問官の伝説」では、聖書のわく組を借りただけで、キリストは、聖書とは全くちがった思想を語る。異端を火炙りにする権力を持っている大審問官と対坐している「異端」キリストは、神の言葉でなく自由を説く、ドストエフスキイ作のキリストであり、イヴァン・カラマーゾフやラスコーリニコフと同じく作中人物である。書斎にこもってしまったドストエフスキイとはちがって、トルストイは自分のキリストを社会に放つ。トルストイにとって思想的政治的宗教的支柱キリスト像が、民衆のための活動によって形作られていく。常に苦しむ民衆、苦しむ自分のそばに居て、官庁にも教会にも寄りつかない、自分と共に歩くキリストが必要であり、だからこそそのような人間キリストが生みだされていった。

トルストイの同時代人田中正造（一八四一―一九一三）は、足尾銅山鉱毒被害民を救済するために財産も地位も人生の残り時間も「放ふり出して仕舞」い、衆議院議員を辞職し、六〇歳の時、明治天皇に直訴した。直訴状は、大逆事件で死刑になる幸徳秋水が下書きを作り、正造が手をいれ印をおして完成したので、明治日本を代表する二人の反抗者の合作である。「田間《でんかん》ノ匹夫《ひっぷ》」が天皇の乗物に「近前スルソノ罪実ニ万死ニ当レリ」と分かっているが、「国家生民ノ為ニ」直訴状を差し出すことわったうえで、直訴者は、大権を持つ明治天皇に惨状を伝えようとする。足尾銅山の「毒水ト毒屑《どくせつ》」が谷を埋め渓流に注《そそ》ぎ、渡良瀬川沿岸でその害をこうむらない所は無い。山林を切って赤土となったために洪水がおこり、「毒流四方ニ氾濫シ」、「茨城栃木群馬埼玉四県及ソノ下流ノ地数万町歩ニ達シ魚族斃《へい》死シ田園荒廃シ数十万ノ人民ノ中チ産《う》ヲ失ヘルアリ、営養ヲ失ヘルアリ、或ハ業ニ離レ飢テ食ナク病《やみ》テ薬ナキアリ」たまりかねて人民が請願すると「兇徒ト称シテ獄ニ投ズルニ至ル」対策として、まず「渡良瀬河ノ水源ヲ清ムル」「激甚ノ毒土ヲ除去スル」等々の提案をするが、トルストイがアレクサンドル三世、ニコライ二世へ手紙を書いても何ももたらさなかったように、「毒水」「毒土」に関する根本的な対策はとらず、権力は被害者をやっかい者、危険人物としてあつかう。

田中正造

救済の仕事は底なしなのに、「臣年六十一而《しか》シテ老病日ニ迫ル。念《おも》フニ余命幾《いくば》クモナシ」という心境の正造にとって福音書、キリストは、日曜日に教会に通う心おだやかな信者があがめるキリストとは全くちがう存在である。

上への働きかけは実効をもたらさず、鉱毒に汚染された渡良瀬川流域へ下りて行き、正造は、谷中《やなか》村（栃木県）退去を拒んだ残留民と一体化し、福音書を身近に持って闘いつづけた。

「孔子ハ俗事ニモ熟誠なり。釋迦ハ脱俗虚空。キリストハ真理実践。予ハキ〔リ〕ストヲツトム」（日記　明治四四年五月一日）

毒害に苦しむ民は福音書よりもっと身近にある。福音書がこの民から遠くにある、あるいは、自分が遠くに置いているのなら、「亡滅」させられる谷中村にふみとどまっている農民、残留民の惨状と無関係なら、福音書は「死したる書物」になる。苦しみの現場へ「家出」し、谷中村に住みついて明治政府、古河鉱業と闘っている田中正造は、聖書を読むのではなく谷中を読む。福音書ではなく被災の現場を読む。この時、救済という「真理実践」の同志キリストが正造に近づいて来る。最も弱い者を集めて権力、金力の「強き暴慢を排する」、つまり、「最弱を以《もっ》て最強ニ当る」のが「予の多年のたのしみ」（日記　明治四三年八月三日）とする。正造は、しかし、「鉱毒民中に一身を投じてよりここに二十年」なのに闘いには「寸効なし」。「一身もまた乞食同然」で「金と道とは併行せざる所以《ゆえん》、誠によく天は教へて、また我れに金品を以て給せず」（碓井要作への手紙　明治四三年八月二三日）

苦しめられている者への救済という「道」は金銭と無縁だと天が教えてくれたので、「よりて予は金品に乏しきを憂へず、厭《いと》はざるなり」と「乞食同然」の暮らしをして闘うことに「安心立命」があると心を決める。正造は家出人として胃癌で他人の家で死ぬ。死の年一九一三年、手紙に書いた。「見よ、神ハ谷中ニあり。聖書ハ谷中人民の身ニあり」（書簡　大正二年二月一二日）。闘いのはてに正造は自分の神と自分の聖書を手にしたのである。

神は苦しんでいる者不幸な者の同伴者である、という立場は、アウシュヴィッツで吊るされた神を視た囚人と同じである。

正造は、毒の水、毒の土と闘ったが、原発事故ではこの二毒に毒の空気が加わる。原発は原子炉の始末、毒の水（汚染水）と使用ずみ核燃料の処理という末広がりの不幸の場である。

地域崩壊の危険性を秘めている原発を利潤と利便のために動かしている者、これから新たに動かそうとする者は、水俣の悲劇を思い出さず、水俣病をひきおこした企業は渡良瀬川流域の惨状を思い出すことはない。福島原発の現在進行形の災害・災難と同時進行で現世にある地獄の釜を焚くのは、いつもの顔ぶれ、利潤と権力の合体物である。

「真の文明ハ山を荒さず、川を荒さず、村を破らず、人を殺さゞるべし」（日記　明治四五年六月一七日）

一たん事あれば山も川も村も人も荒らし破り殺す原発は、文明の利器ではない。数百年来の大震災をはらんでいる二一世紀日本の国土で文明の凶器が何をしでかすか、想像力を働かせることが必要である。もし国策である原発に群がる者たちと政府とに、想定可能な災いを想像するだけの誠意が無いなら、「政府モ国家モコレナキ方却《かえっ》テ安心カトモ存ゼラレ候」（旧谷中村土地人民復活請願書　明治四一年三月）。トルストイは安心なロシヤをめざして闘いつづける。

トルストイ家の常連の中でひときわ魅力的な個性は、画家ニコライ・ゲー（一八三一—九四）である。ゲーは、キリスト像にたびたびとりくんだ。それは福音書の世界でありながら宗教画ではなく、ヨーロッパにおけるキリスト像の大海の中でゲーの創作家的個性は突出している。ゲーは自分自身のキリストを創る。そこにあるのは伝統的な神々しさを奪われた生身の人間である。人間キリストはトルス

「人間キリスト」を追求した画家ニコライ・ゲー

トイのキリストであり、教会の定義によれば人間キリストは異端の産物だから、両者は異端同志である。

　ドストエフスキイにはゲーの人間キリストが気に入らない。ドストエフスキイは、一八七三年三月ペテルブルクで開催された展覧会でゲーの《最後の晩餐》に出会った。この絵は一〇年前一八六三年に公開され、激しい批判と絶賛とをまきおこした。キリスト教にとって重要な出来事をあつかいながら、宗教性が無いことに怒る者と、伝統的な慣れっこになっている物の一切ない画期的なとらえ方に感動し高く評価する者とに展覧会の訪問者は両極化した。

「例えば、自作《最後の晩餐》がかつて大騒ぎをひきおこした彼は完璧な様式を作りだした。注意深くながめてごらんなさい、極めてありきたりの人びとのありきたりのけんかである。キリストが坐っている――しかし、これがキリストか？

ニコライ・ゲー《最後の晩餐》 1863 年

これは、ひょっとしたら、とても善良な若者で、ユダとの言い争いで沈んでいる。ユダは、そこに立っていて、密告に行くために服を着ているところであるが、そこにいるのはわれわれが知っているキリストではない。なぐさめるために師のもとへ友人たちが駆け寄ってきたが、しかし、一八世紀間つづいたキリスト教は、一体全体どこにあるのだ、とききたくなる」（ドストエフスキイ『作家の日記』一八七三年）

ドストエフスキイは、ゲーの絵を欺瞞、嘘だと罵倒し、そこに居るのはキリストだとは認めない。ところがゲーは《最後の晩餐》で保守的なはずの芸術アカデミイから教授の称号を与えられた。皇帝はやっかいなこの絵を買い上げ、騒ぎを収めた。

ゲーのキリスト像《真理とは何か》［カラー口絵④］《最高法院の裁き》［一四七頁］《磔《はりつけ》》［カラー口絵⑤］は、キリストの人間としての生理学的極みと神々しさの完全な欠除のために公開を禁止された。これらの作品は人間キリストを追求するトルストイの心を震撼させた。ゲーは同志ではないか。《真理とは何か》、著者はロシヤでこの絵に出会い、何回も見に行くので、絵を守っている老婦人が驚いていたのを思い出す。この作品には同じ展覧会にある他の作品を消してしまうほどの力があった。

宗教界を支配する宗務院総裁は、《真理とは何か》を民衆に見せないようアレクサンドル三世に進言した。皇帝にとってこれは「醜悪な絵」であり、展覧会の会場から撤去された。

ユダヤ人たちはキリストを明け方になって総督官邸へ引いていった。

キリスト「わたしは真理を証明するために生まれ、そのためにこの世に来た、真理の側に立つ人は皆わたしを理解する」

総督ピラト「真理とは何か」（ヨハネ福音書一八章三七—三八）

ピラトの問いの瞬間を把えたのが《真理とは何か》である。

前景。キリストは、ユダヤ教の権力によって責められ痛めつけられ、不眠で、空腹で、衰弱して、ピラトの前に立っている。キリストは、七〇人の議員から成り、大祭司が議長をつとめる最高法院で裁かれた。死刑だけはローマが決めることになっており、最高法院はキリストを鞭で打つことはできても殺すことはできなかった。だから殺してもらうためにローマから派遣されたユダヤ総督ピラトのもとへ囚人キリストを連れていく。

後景。ピラトがユダヤ人たちにキリストか「一揆と人殺し」の罪人バラバかどちらを赦すか、とたずねると、ユダヤ人たちは「バラバを、バラバを」と叫んだ。バラバは赦され、その代わりに二人の強盗が十字架にかけられる。

キリストでなくバラバを！　ユダヤ人たちの叫びは、その後二千年間ユダヤ人差別の口実である「キリストを売った者」という非難と呪いの出所となった。バラバは一揆を起した反逆者であり、ローマ帝国の支配下にあるユダヤ人にとっては「泥棒」よりむしろ英雄ではないかと思われる。キリストよりバラバが大切なのは当たり前である。ローマ帝国の官僚であるピラトは、だから、反逆者バラバより訳の分からぬ説教をしているキリストを釈放したほうが得策だと考えただろう。しかし「バラバを、バラバを」の圧力に負けてバラバに自由を、キリストに死をという結果になった。キリストは十字架を引きずりながらゴルゴタ（しゃれこうべ）の丘へ向う。

権力をもち、飽食し、おごりたかぶっているピラトがお前の言う真理とは何かと問いを発しながら、キリストが口を開く前にとうとうと自説を、真理とは何かを、この囚人に得意になって説いているのを、前景と後景のはざまにあるキリストが聞いている。その心は、みごとに、誰も真似できないゲーの魔力的な筆さばきで目によって表わされている。それは真理の所有者をきどる者へのあわれみ、疑いを秘めつつ、下（囚人）から上（権力者）へ強烈な光を放っている。ピラトはキリストの恐ろしい視線に気づいていない。なぜなら支配者、権力者だからである。当座の真理は常に権力者にあることになっているから、自分の真理をもっている囚人キリストはひとまず一歩後へさがる。真理の位置は変わらない。キリストは廊下に立たされているかのように空間をひかえめに占めている。ピラトは空間の所有者として手をあげ力強く、一方的に真理を説いている。「真理とは何か」と問いながら大ローマ帝国の高級官僚にはユダヤ人キリストの答えなど興味はない。ゲーはそれをピラトの肉体、姿で雄弁に語らせている。

ピラトに向って斜《はす》に立っている人間に神性はない。しかし単に人間がその代わりに描かれているのではない。そこにあるのは人界における只者でない存在である。人間の限界線上に立っている唯一者である。ゲーは存在そのものの力をつかみ出す。キリストの頭上に光輪をつけているもろもろの絵はこの絵の前では単純素朴な絵馬である。

ゲーのキリストはトルストイの人間キリストの図解になる。トルストイによると、《真理とは何か》は教会、官界から猛烈な攻撃を受け、教会は人間キリストという異端の立場を認めることはできないので、この絵は追放された。

神と聖霊とキリストという三位一体から解き放たれた人界の悩める青年イエスは、皇帝と教会と官僚の三位一体にとっては不要であり危険人物である。トルストイにとってはわがキリストである。

神的キリストは沢山の名画を残したが、今（一八九〇年）となっては時代遅れである、今では本当の芸術はキリストを神としてあつかうことができない、とトルストイは考えていた。

ゲーは、ローマに二年、フィレンツェに九年、あしかけ一一年間カトリックと芸術の国に滞在してキリスト像の大海を航海したあと母国に上陸すると、母なる海の恩を忘れたかのように規範からはずれた、お決まりの神々しさを洗い去った自分のキリストを絵画で創りだすために死の年まで迷いつづけた。この方向への転換はイタリア滞在中にすでに始まっており、《最後の晩餐》はイタリアで描かれ、ゲーは展覧会に出品するためにこの絵を携えて一時帰国した。この絵は、キリストをさらに追いつめた、のちの作品《磔》などに比べれば、おだやかなものであり、初歩的なものである。

トルストイの考えでは、キリストとは神の意志を最も忠実に正確に伝えることのできる人間であり、特別な存在だが神ではないので祈りの対象にしてはならない。これは後光の無いキリストであり、金ピカの祭壇にましますキリストは偽物である。ゲーが表現しようとする、人間の生理的特徴を残酷なほど追求したあまりにも人間的なキリストこそはトルストイがたどりついたキリストである。《磔》については皇帝の周辺で「屠殺場」という表現すらとびかった。苦しみの果てにたどりついたのが死刑用具としての十字架であり、キリストはそれへ磔《はりつけ》にされて、自分の殺害を待っている。教会の好きな、必要とする聖性、神性の代わりにゲーは、囚人キリストの原初の苦しみをむき出しにして、救いの無さを残酷な正確さで把らえた。その肉体には、ドストエフスキイの言う慣れ親しんだキリスト教はみじんもない。教会からはるかかなたに居るキリストである。

土星の輪のような後光が頭についているキリストの図像は、トルストイの、田中正造の「真理実践」から見れば、キリストのカカシである。

《磔》は、あまりにもひどいので展覧会が始まる前に人目を恐れて片づけられた。この絵は皇帝にとっても宗教界にとっても民衆の従順な宗教心をかき乱し、社会の秩序をゆるがす爆弾であった。聖職者にとって神性のかけらもないあまりにも非・反教会的なキリスト像を民衆に見せるのは教会に対する、ギリシャ正教に対するテロ行為である。

キリストに関してはゲーは芸術におけるテロリストであり、トルストイはその仲間である。ゲーは、絵を個人宅に置いて希望者に見せた。トルストイは、息もつまるほど感動した。まさに自分のキリスト、人間キリストが芸術の強烈な表現力で画布の上に乗り移っている。ただトルストイにとってすら苦しみで変わりはてているキリストは醜いと思われた。この点がゲーの宿題になった。しかし、苦しみをやわらげるようなことをゲーはしないだろう。

ゲーもトルストイもよく知っている大画家イリヤー・レーピンの回想では、トルストイはゲーのキリストが醜悪で改作すべきだと言った。ゲーは仕事を中断した（レーピン『遠くて近いもの』）。その後ゲーは、トルストイの助言のおかげで何回も改作したとタチヤーナ・トルスタヤに知らせている。それ以後も描き、止め、描きなおし、基本的には死の前年に出来あがり、最終版は死の年、一八九四年である【一四四頁】。ゲーは重要な仕事をすると熱中し、「一時的発狂」（ゲー夫人）の状態におちいる。二枚の《磔》にとりくんでいる時、ゲーは何度も「発狂」しただろう。苦しんでいるキリストと共に芸術家として苦しみぬいたのである。

ゲーは出来あがったはずのこの《磔》をトルストイに見てもらうことにした。同席することが恐ろしく、ゲーは隣の部屋で待っている。両手で顔を覆っていたとも言われている。扉が開いた。トルストイは泣いていた。ゲーは突進し、最も恐れていた判定者を抱きしめた。

常に福音書をふところに入れ、毎日福音書を読み、キリストと共に生き、キリスト像について考えつづけたゲーがたどりついたのは、無惨なほどにむき出しの肉体的キリストであった。

ゲーがアウシュヴィッツに居たら、ほら、そこにキリストも一緒に吊るされている、と言っただろう。十字架に吊るされたキリストが、吊るされている者と一緒に居なかったら、祭壇上の偶像にすぎないから、それは現に吊るされている者と無関係になる。

ゲーの磔刑図に祈ってはならない。そこで十字架に釘づけにされているのは儀式用の安らかなキリストではない。服は兵士たちが小遣いにするために脱がせているので、キリストは裸である。そこにあるのは、神話でなく、今、まさに今、苦しんでいる一人のユダヤ人の姿、苦しみの現在である。苦しみ、悩んでいる人間にとって必要なのは今、苦しんでいるキリスト、苦しみの現在進行形である。

人間キリストは、苦しみの実体化、神的キリストの脱神話化と人間化の成果である。ローマ帝国官僚ポンテオ・ピラトがキリストの運命を最終決定したために、キリストはローマ式に処刑された。ローマの市民権をもつ者には十字架による処刑は行われない。十字架刑は奴隷に適用される死刑であり、キリストは奴隷の死に方を強制された。

恥辱の十字架にはりつけられる前に、決まりとして鞭打ちが行われた。これはユダの密告以後に受けた一連の責苦の仕上げであった。ゲーの《磔》には、その肉体的苦しみの結果としてのキリストの

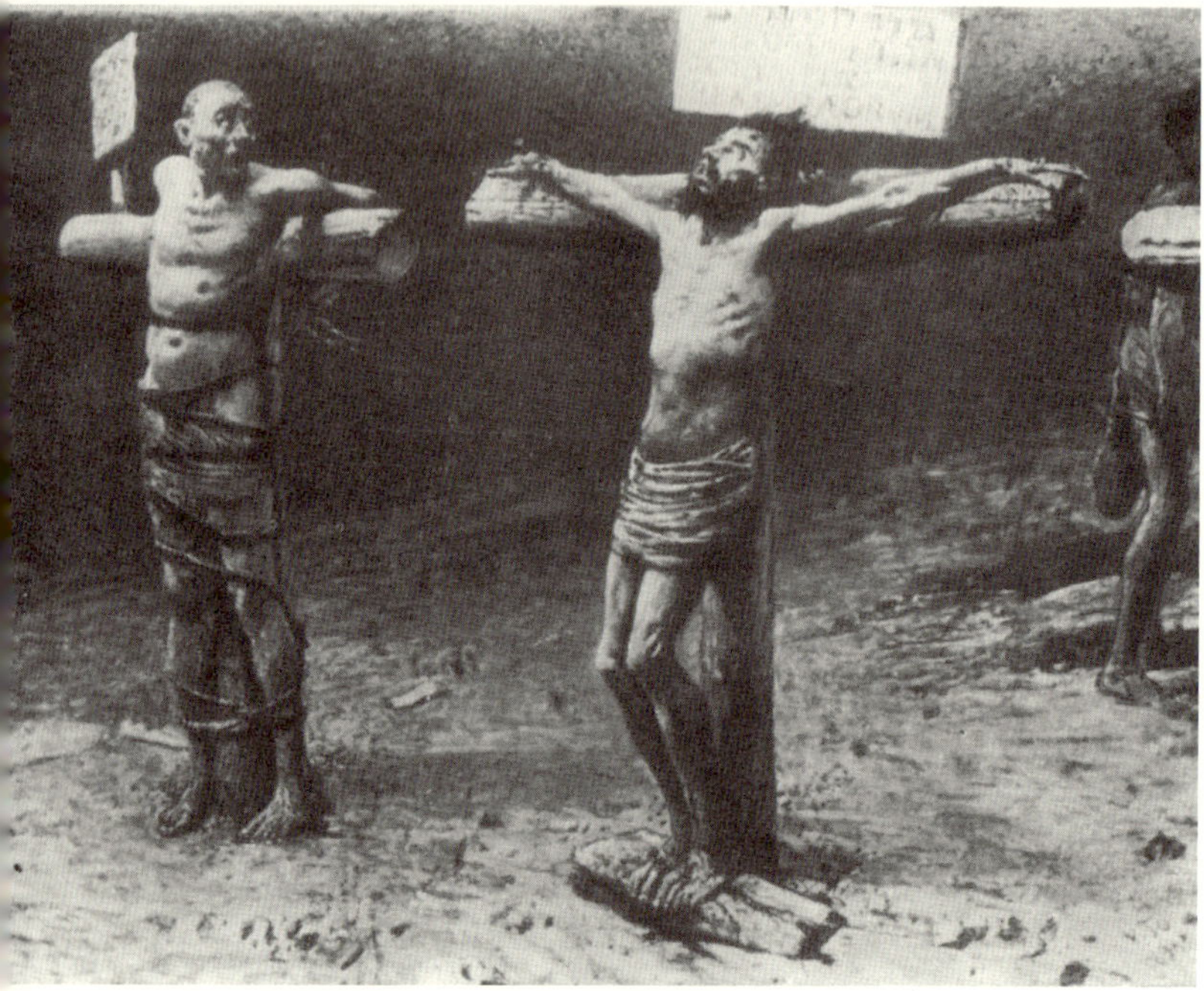

ニコライ・ゲーが死の年に完成させた最終版の《磔》 1894年
現在、所在不明

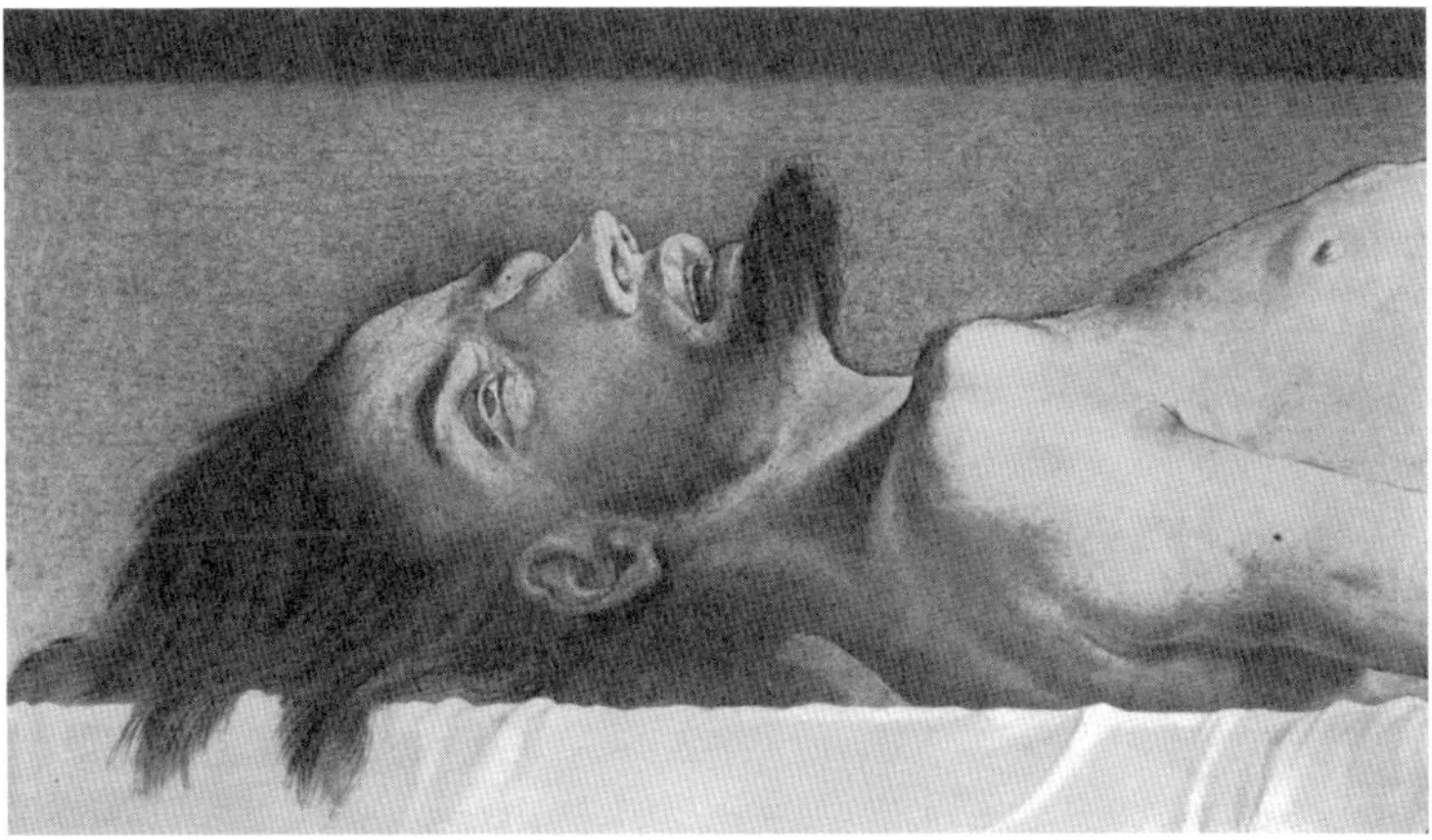

ハンス・ホルバイン二世《死せるキリスト》(部分)
1521年　バーゼル美術館

やつれきった体がはりつけられている。不眠、不休、空腹、渇き、拷問、鞭打ちで醜くなった、衰弱死寸前の身体が再現された。この絵のキリストは聖像画ではなく史的現実の断片である。

ドストエフスキイは、一八六七年、バーゼルでハンス・ホルバイン二世(一四九七、または一四九八―一五四三)の《死せるキリスト》(一五二一)と出会い、衝撃をうけた。そこにあるのは十字架にかけられていたキリストが処刑され葬られた姿である。苦しみの連鎖を経た人間のどうしようもない醜さがそのままそこにある。教会のキリスト、凡百のキリスト像の対極が目の前にあった。『白痴』(一八六八)にこの絵が登場する。「この絵で信仰がなくなってしまいそうだ」とドストエフスキイがバーゼルで妻に言った言葉を作中人物が口にする。これは神的キリストが消え人間キリストが現われる、という意味である。ホルバインのキリストはゲーのキリストの仲間である。苦しみぬいたすえの死体は、史的真実でも、信仰を滅ぼしてしまうとドストエフスキイ、このゲーの憎悪者は心配したが、トルストイにもゲーにも田中正造にもそのような低次元の問題はあり得ない。

《最高法院の裁き》、この作品もまた公衆に見せることが禁止された。ユダヤの最高法院は、ユダヤ教の権力にとって不都合な存在であるキリストをピラトに殺させるために総督府へ連れて行く。絵は、宗教権力による裁きの終りと総督府への連行の始まりとの接点をとらえている。

キリストは、裁きで集中砲火をうけ、疲れはてた、無力な只の人間である。芯をぬきとられた、ふぬけのような頼りにならない男である。状況から生理的肉体的にゲーの把えたこの姿は真実である。誰がこのような人間に祈るだろうか。教会にとって祈る気持になれないキリストは危険人物である。ゲーのキリストは異端トルストイの書斎に飾るにふさわしい作品であった。

道元は若い時京都の建仁寺で修行していた。建仁寺に貧乏人が来て、数日何も食べていない、親子三人餓死してしまう、救い給えと言った。寺にも何もない。薬師像を作るための銅があったので、和尚がそれを与えた。仏像の材料を与えてしまった、という弟子たちの非難に対して、和尚は答えた。「現に餓死すべき衆生には設《たと》ひ仏の全体を以て与ふるとも仏意に合《かな》ふべし」（懐奘編『正法眼蔵随聞記』）

大量生産されている磔刑像や十字架を大切にし敬うことでなく、生身の人間の苦しみを救うことがキリストの意にかなう。このトルストイの立場と建仁寺の和尚の救済行為とは一致する。宗教がもし人間のためにあるのなら、つきつめて行きつく所はキリスト教も仏教も同じである。神や仏やキリストをあおぐのではなく、今、進行している苦しみと対等につきあい、実質的な援助、救済へ向うことが、はりつけられたキリストを象徴として大切にしている宗教にとって自然な行動のはずである。

ニコライ・ゲー《最高法院の裁き》 1892年

ゲーが苦しみの深みからつかみ取った人間キリストは、祭壇にではなく、たとえば、建仁寺に食物を求めた貧者に必要である。ゲーの作品が自分たち用でないことをあからさまに示しているので、権力は公開禁止で復讐したのである。

ピョートル大帝（一六七二―一七二五）は宗教を国家権力によって完全に支配するため教会支配の最高機関として宗務院（シノード）という組織を創設した。宗務院は、総主教府を廃止して設置された。教義の解釈から聖職者の人事、教会財産の管理等から異端、分離派教徒との闘い、教会内の牢獄の管理、宗教検閲等を行う。幹部は皇帝が任命し、総裁は文官または武官から皇帝が選ぶ。

宗務院はロシヤで最も強い発言力をもつトルストイの異常な教会批判にもう黙っていることはできなくなり、トルストイに関する決定を下した。

「神聖この上もなき宗務院の一九〇一年二月二〇―二三日付決定第五五七号。レフ・トルストイ伯爵に関するロシヤ・ギリシャ正教会の信徒への書簡と共に」

『決定』は、トルストイの「反キリスト教的、反教会的偽学説」に関連して信者たちに書簡を送るという短文である。この中には破門という文字そのものはない。

『書簡』はトルストイの罪を列挙する。トルストイは、神とキリストに反逆し、神から与えられた才能を、反キリスト的反教会的学説を国民の間に広めるために、そして、人びとがいだいている聖なるロシヤの土台である信仰を滅ぼすために使っている、聖母マリヤの処女懐胎も聖体礼儀（パンを食べ、ぶどう酒を飲む儀式）も認めていない。「よって教会は彼を自分の一員とは認めないし認めることはできない、彼が悔いあらため教会とよりをもどすまでは」

『書簡』は、「彼を汝の聖なる教会へ向わし給へ、アーメン」でとじられる。『書簡』にも破門という文字はないが、教会の一員とは認めないという表現で宗務院は実質的に破門を宣告した。トルストイは呪いの儀式ぬきで呪われ、呪われつづける。

すでに自ら教会を捨てている人間に向って、教会との縁切りを公に告げるという奇妙な文である。『書簡』も、トルストイは、「あからさまに万人の前で、正教会とあらゆるつながりを意識的に意図的に自分自身で断った」と反教会的犯罪の総括として書いている。一八六九年以後、破門は一年に一回各県に一つずつある主教座聖堂でのみ行われ、しかも、以前は破門者の名を呼んで呪ったが、これは廃止されたので、個人ではなく、一括して行われる。したがってトルストイの名をあげて呪うことはできず、形式上は、「トルストイの破門状」は存在しない。破門するならトルストイを個別にではなく他の者と一緒にあつかわなければならない。トルストイ個人に集中砲火をあびせるには、破門状以外の形式が必要になる。信者あての『書簡』が付いた『決定』がその形式である。トルストイ伯爵と標題に記したこの文書は、したがって、破門状にない大きな力をもつ。破門という表現のない、一見おだやかな文だが、これはトルストイ一人をねらった静かな爆弾であった。

この『破門状』は、二月二四日あらゆる新聞に掲載された。末娘アレクサンドラによると、トルストイは散歩でモスクワのルビヤンカ広場にさしかかったとき、誰かがトルストイに気づき、「ほら、人間の姿をした悪魔がいる」と叫んだ。トルストイはすぐさま大勢の人間に取りまかれたが、騎馬憲兵の助けで群れから出て、馬車に乗せられたので無事に家へ帰れた。もし大嫌いな憲兵がいなかったら、七二歳のトルストイの身に何が起ったか分からない。この光景は、キリスト教国、とくにロシヤにおいて、教会、教会的キリスト教に対する預言者的非難、批判、叱責がいかに危険であるか、したがって、トルストイがいかに勇気のある人間であるかを語っている。教会が彼を破門したのは当然であった。カザンの菓子屋がシロップを煮つめながら、「悪党トルストイをこんなふうに釜ゆでにしてやりたい、異端野郎を……」(ゴーリキイ『エス・ア・トルスタヤについて』)とつぶやいているのをゴーリキイは聞いている。トルストイは国中から尊敬されていると同時に、彼の異常な教会批判に怒り、トルストイの姿を見てまるで悪魔と出くわしたかのように十字を切る者もいた。

宗務院総裁はコンスタンチン・ポベドノースツェフ(一八二七—一九〇七)である。モスクワ大学民法教授から元老院議員になり、その後国家会議議員から宗務院総裁になった。皇帝よりも保守的であるこの法学者が二五年間もこの地位にあった。彼とトルストイはおたがいに大敵である。アレクサンドル三世とニコライ二世の師であったポベドノースツェフは、最高権力内部で大きな力をもっていた。『決定』に署名した七人の高僧の上に皇帝とポベドノースツェフの二人がいる。トルストイは、この巨大な力と一人で対決する。

宗務院『決定』の二年前、トルストイの最後の長編『復活』(一八九九年)は有名な出版業者アリフレッド・マルクスの雑誌『ニーヴァ』に連載された。トルストイは、検閲によるすさまじい削除、歪曲を予期して、編集者セメントコフスキイに頼んで検閲を通りやすいように原稿をおだやかにしてもらった。作者としては自殺行為だが、小さな害で大きな害をさけようとしたのである。検閲官は、おだやかになったはずの文章を切りとり歪め、その傷は、後の研究によれば五百カ所以上ある。『復活』のほぼ全章にわたって検閲官は外科的手術をし、作品は満身傷だらけになった。検閲官の手の中で青

宗務院総裁コンスタンチン・ポベドノースツェフ

い鉛筆は血をあびたまっ赤な凶器となり、七一歳のトルストイの異常なほど激しい教会批判を根こそぎ削り取った。『復活』がトルストイの書いたとおりに読めるようになるには帝政の崩壊が必要であった。

トポロフという高官が登場する。彼は、神みずからが創ったことになっているロシヤ・ギリシャ正教会の保護と守護を任務とする地位についている。これで彼が宗務院総裁であることが分かる。宗務院の代わりに単に官庁という表現があるだけなので、得体の知れない強力な怪物の雰囲気をかもしだす。無数にある修道院、教会の大群の頂上に居るトポロフは、「心の奥底では何も信じていない」が、これは都合が良く、しかも快いと感じていた。しかし、民衆がこれと同じ状態にならないかと恐れていたので、「こうならないように民衆を救うのが自分の神聖な義務」だと思っている。このために教会を働かせる。宗務院総裁ポベドノースツェフは皇帝によって宗教界をまかされながら神を信じていない。トルストイにはこれがはっきり分かる。彼に対する嫌悪、軽蔑は『復活』の中へ流れこみ、トポロフを生みだした。

作者によれば、「トポロフの立場は、にわとりを養っている屍肉に対する養鶏業者の立場と同じである。屍肉はひどく気持が悪い、しかし、にわとりはそれが好きで食べている、だからにわとりは屍肉で養わなければならない」。

トポロフ＝ポベドノースツェフは、にわとり（民衆）を屍肉（教会）という餌で養う責任者である。『復活』完成の二年前、トルストイは、皇帝と祖国の敵、主イエス・キリストを侮辱する者として殺す、という手紙を受け取っている。トルストイにはカエルの面に水である。養鶏業者も屍肉も、何回もの火刑にあたいするこの異端に、『復活』以前からの長い間の激烈な批判に対して復讐するだろう。同じ気持の皇帝と共に。その一つが名ざしの「破門」であり、トルストイの考えが民衆に伝わるのを禁書と検閲で阻止し、その行動を逮捕できない犯罪者として常時監視する。

トルストイがモスクワで鉄道馬車に乗ると、トルストイだ、というささやきが乗客の間を波のように流れていき、皆が注目するので、トルストイは視線に耐えられず走行中なのに飛びおりて去っていった。この光景は駅でも街路でも人のいるところでくりかえされた。ある国際会議で人から顔が分からない場所に坐っていたが、壇上の一角に出るはめになった、とたん、トルストイを認めた参加者は歓声をあげ拍手をし大騒ぎになって、研究発表者は、口を開くことができなかった。

われわれ日本人には想像できない。なぜなら日本人は自分のトルストイを持たなかったからである。漱石が東京駅にあらわれて、群集がプラットホームを埋めつくし、その中には柱によじのぼって顔を見ようとする者もいる、という光景もまた想像できない。

トルストイのロシヤにおける位置は皇帝もよく知っていた。トルストイは、反政府的文書をイギリスの新聞記者に渡してしまった。これは一部で猛烈な怒りをまきおこし、トルストイはスーズダリ修道院に幽閉されるという噂がひろがっていく。

内務大臣で憲兵隊司令官であるドミトリイ・トルストイ伯爵はアレクサンドル三世に報告すると、父親アレクサンドル二世が暗殺されたので、弾圧、抑圧の政策を強めているアレクサンドル三世は、取りしまりの最高責任者である大臣に向って言った。

「トルストイに手を出さないようお願いする。彼を殉教者にして世間の憤慨を一身にあびるつもりは全くない」

トルストイがどれほどやっかいな存在であろうとその逮捕は政治的に大損であるという皇帝の算術のおかげで、政府、教会に対して最も口やかましい危険な批判者は死ぬまで逮捕されなかった。

宗教権力は、ロシヤにあらわれたサヴォナローラかと思うばかりのこの大異端を、したがって悪魔を、「教会のふところ」から追い払っても、トルストイの声は止まなかった。可能であったのは反政府的、反教会的作品、文書を発禁にすることである。それらは手書きで伝わり、あるいは、トルストイの協力者たちが外国で印刷した。著者トルストイには手をふれず、熱心な助力者たちパーヴェル・ビリューコフ、秘書ニコライ・グーセフ、秘書であり代理人ともいうべきヴラジーミル・チェルトコーフなどが流刑や追放になった。チェルトコーフは外国へ、ビリューコフはロシヤの田舎へ追放されることになったので、トルストイは二人を見送るためにペテルブルクへ行く。尾行がはりつく。

「二月九日。九時二〇分、トルストイ伯爵は散髪屋（パンテレイモン通り、五番地）へ行った。そこで頭髪とあごひげを刈る。半時間後、住居へもどった」

この調子で、何日何時に誰と会い、どこの家を訪問したかなど、住所や肩書きもつけて保安課の尾行者が報告している。トルストイは、逮捕できない政治犯であったので、死ぬまでつづく尾行だけでなくトルストイ家の多くのお客の中にスパイがまぎれこんでいた。

権力がトルストイに対してなしうる最大の、そして最も社会的効果のあるお仕置きは、一人だけの特別あつかいの「破門」であったが、トルストイは宗務院に対して『返答』（一九〇一年四月四日）を書き、攻撃者より激しく闘った。トルストイは、ロシヤ正教会の教え、神学は、「理論上はずるくて有害な嘘であり、実際は粗野な迷信とたぶらかしの寄せ集め」だと切り捨てた。教会は政治的に有害で存在してはならないし、宗教的にも有害無益で、人はこのような組織を相手にせず、神とキリストへ直接向うようすすめた。だからトルストイの理想の国イヴァンの馬鹿の国では、民衆を困らせるもの——政府、軍隊、警察、お金が無い。そしてもちろん教会が無い。百姓の国に教会が無いのは信じられない光景である。正教会は当然のこと『イヴァンの馬鹿』を禁書にした。

一九〇八年トルストイが八〇歳になった時、数々の文が書かれた。その中にレーニンの『ロシヤ革命の鏡としてのレフ・トルストイ』があった。レーニンは、トルストイが世界文学における天才的作家であり、資本主義的搾取の容赦なき批判者、政府の暴力や裁判という喜劇等々の暴露者だと極めて高く評価し、他方では、その宗教的立場を酷評した。トルストイは官製の坊主を道徳的信念による坊主に置きかえ、最も洗練され、それ故にひときわはなもちならない坊主たちを育成しようとした、とレーニンは断罪する。トルストイは、レーニンによれば、「キリストを狂信する地主」であり、さらに公衆の前で胸をたたいて、私はいまわしい人間です、しかし、道徳的自己完成をめざしており、もう肉は食べず今では米のカツレツで身を養っていますと言う類い、いわゆる「ロシヤ・インテリゲンチヤ」である。

レーニンは人並はずれた脳力の持主で、その指摘は極めて鋭いが、トルストイに関しては社会科学者らしい荒けずりの分析で、トルストイ個人の特殊性の中へ入っていない。「キリストを狂信する地主」の場合、地主もキリストも一般的な概念に入らないどころか、そこへ入れようとしてもバネのようにとび出してしまう特殊性を無視した定義である。トルストイの人間キリストなどレーニンには興味がなかったかもしれないが、トルストイのキリストが、レーニンの好きな反権力、反教会、という両足で教会から出て、人間の中へ入ったことを知ったら、レーニンは、キリストにせめてひかえめな注ぐらいは付けただろう。

聖書を「悪臭を放つ汚物のつまった袋」であり、神とキリストの意志の純粋な表現とはみなさないトルストイは、自分が後世の書き入れとみなす物を聖書から除き、『簡略福音書』を編集した。自分の福音書を持ったのである。

十年前一八九一年から九二年にはロシヤ中央部で大飢饉が起った。一八九二年飢饉救済運動にたずさわった社会活動家ヴェーラ・ヴェリーチキナは、トルストイの活動に対する教会の妨害を実感した。神父たちはこの飢えた農村で教会の説教壇からトルストイの援助を受けるな、あれは反キリストだからと言った。農民は神父を信用しているわけではないが、反キリストというキリスト教世界では最悪の存在に対する恐れは強く、ある農婦は炊き出しの名簿から自分の子供の名を消してくれと頼んだ。悪魔を手下にしている恐ろしい反キリストから子供の魂を守るためである。これは「破門」より十年も前のことである。飢えているので仕方なく反キリストとその手下からパンを受け取る者もいる。トルストイの仲間たちは、一人で歩いていると身の危険を感じることもあったという。

救済、慈善に対する飢餓地帯での反応は、トルストイの活動舞台としての全ロシヤの性格を表わしている。

宗務院の信者あての『書簡』（一九〇一年）には、トルストイの言説に関して「キリストと教会に反した」という表現が使われ、トルストイを神とキリストへの反逆者と非難している。これは民衆の間では一言で反キリストとなる。

ひざまずく者、脱帽する者と石を投げる者とがまじりあったひどいデコボコ道をトルストイは歩いていく。石がもしとんできても、それを投げたのが農民ならその投石に値する人間だと思いながら。なにしろ、彼らの首にぶらさがっている身なのだから。

慈善の無意味さを説くトルストイは、苦しみの現場へ住みついて慈善活動を行った。それは体制、社会のしくみを変えず、むしろ温存させると分かっているが、目の前の不幸に対しては理屈を頭のすみへ片づけて身体で行動する。

飢饉の現場でトルストイは、「飢えた者を助ける唯一のたしかな方法は、彼らの首から下りることだ」と言った。ロシヤ語では、寄生している、やっかいをかけていることを「首の上に坐る」と表現する。トルストイは、自分たち、救援活動している者たちは、耕作者でないから農民の首の上に坐っているのであり、首から下りるのが本当に彼らを助けることになるのだと言いつつ、ふだん養ってくれる農民たちを今、一時的に養っている。今、首から下りる時間はないから今までのままでパンをさしだす。これで善行をつんだと心も洗われて家へ帰るのでは全くない。逆である。自己満足は「心の安らぎ」である。それは、へどろにつかりながら、身を清めていると満足することであり、トルストイとは無縁である。もし満足すれば自分に軽蔑されるだろう。

自己満足は一つの高みである。飢餓の地ではないが、ある日、不幸に打ちひしがれた者が、トルストイの前にひざまずいて助けを求めた。トルストイは同じ高さに身をおくために同じくひざまずき涙を流した。救済する者は救済される者を見おろしてはならない。見おろしながら涙するのは哀れみであり、哀れみは与える者と与えられる者との上下関係の産物である。しかし、不幸者と同化することは不可能である。「共に苦しむ《ソストラダーニエ》」は、重要なドストエフスキイ用語だが、苦しんでいる売春婦ソーニャは苦しんでいる殺人者ラスコーリニコフの苦しみに同化したいとかけ値なしに願っていても、苦しみの融合はあり得ない。二人はただおたがいの苦しみをかかえながら、共に歩んでいくのである。歩むことによって『罪と罰』は光の中で、未完のままで、終る。歩みつづけているから作品世界は完結しない。

民衆の苦しみとの一体化はトルストイにも不可能である。だから虐げられた民衆と共に歩みつづける。教会批判もまたこの歩みの中で行われたのであり、これは死ぬまでつづく。

首から下りなければという政治的、日常生活的姿勢は、トルストイの慣れきった生活を破壊していく。下りていく下でソフィヤがトルストイのお尻にむかって槍をつき出している。この家では軟着陸できない。着地を変えることだ。

毎日、異常な量の手紙を受けとるトルストイにとって、その中でさまざまな差出人が指摘している、紙の上に書いていることを、なぜ、行動の上で示さないのかという言行不一致は、強烈なストレスである。土地、邸宅、富だけでなく、伯爵位を捨てよ、という要求もある。家族に全財産を渡したことなど富の放棄だとは認められない。敵も崇拝者もトルストイ自身もこの点で一致している。

その中には、トルストイの願望と一致するものも多い。全てを捨てて家を出よ、この呼びかけは、まさに今トルストイが考え計画していることであった。無数の手紙は世論である。その中には殺人を予告する者も、首吊用の縄の輪を送ってきて、自殺をすすめている者もいる。

高齢のトルストイの日常をかき乱すのはソフィヤ、レフ、アンドレイなどの家族だけではなかった。手紙という世論が家出をせきたてる。敵ではなくトルストイと似た政治的立場にある手紙の主たちもまた、「首から下りる」こと、着地を変えることを望んでいる。

4　「死を希ふことなく、生を求むること勿れ」

ソフィヤは、鍵で開けて、机の引出しの中から日記を取り出し、全て書き写したと、アレクサンドラは父親に伝えた。

トルストイは、秘密の日記を昼間は長靴の胴に入れ、夜、寝ている間は鍵をかけて机の引出しに入れていた、と思われる。頭に浮かんだことをその場で書きとめるのが習慣になっていたので、すぐに取り出せる長靴の胴は便利であった。

ソフィヤが日記を書き写しても、毎日新たに書かれるから、これで事は終らない。ソフィヤは財産の行方が心配で書斎への夜の訪問を止めるわけにはいかない。日記を取りあげても、また新しい日記帳をつくるだろう。

印税は土地からの収益を上まわり、トルストイ家の最大の収入源である。ソフィヤはトルストイの死後、全著作権を奪取する計画を、猛禽が卵をだくようにあたためていた。

ソフィヤには秘密の遺言状の内容は分からないが、それが存在することを知ってしまった。だから毎夜書斎に入ってそれを探していたのである。

万一遺言で彼女のものにならないなら、呆けた老人が書いたものだから無効であると争うつもりであった。「彼女の狂気の考えの中に、私をもうろくしたと見せかけて、私の遺言――そのような物が存在するとしたら――を無効にするという考えがあるのは、つらいことだ」(『自分一人のための日記』一九一〇年九月一六―一七日)。ソフィヤを息子のレフとアンドレイが助けた。息子たちは父親の思想、立場に敵対し、その著作群が「万人の、人類の財産になること」は許しがたいことである、と不満であった。著作権を母親が受けつげば、将来子供に分けられるはずだから、母親と一つの党派をつくり、トルストイの著作に対してこれと正反対の立場に立つアレクサンドラ、清書係フェオクリートヴァ、秘書というより代理人となっているチェルトコーフがもう一つの党派をつくり、邸内ではトルストイの立場、願望をめぐって家族とチェルトコーフが二つの党派に分かれて争い、弱ったトルストイの足もとで二つの渦が流れぶつかり合う。ソフィヤは著作権でなくトルストイ自身もチェルトコーフに奪われると恐れ、彼を憎悪し嫉妬して、チェルトコーフの肖像に向っておもちゃの銃を撃つところまで落ちた。

誰でも無償で自由に出版できる、トルストイ家には一コペイカも払う必要はない、トルストイのこの意志を実行してくれるのはチェルトコーフであり、アレクサンドラである。この問題ではソフィヤは反トルストイの権化である。

ジノーヴィエフ・トゥラ県知事はトルストイ家のぜいたくは嘘で、中流の生活だと訂正しているが、トルストイは、今まで通りのぜいたくな暮らしにこれ以上たえられなくなっている。

左から、マコヴィツキイ、末娘アレクサンドラ、ひとりおいてチェルトコーフ、トルストイ、ソフィヤ。右から、家出人トルストイの世話をした清書係フェオクリートヴァ、秘書グーセフ。
ヤースナヤ・ポリャーナにて。

「ぜいたく」は政治問題である。貧富の差、小作人の搾取、料理人、召使い、御者、秘書、清書係、経理責任者、医師等の他人の使役による旦那生活、これは自分の政治的発言と一致しない。ぜいたくの重荷は彼の生活の執拗《しつよう》低音であった。この条件下では粗衣粗食であってもぜいたくなのである。一片の黒パンも召使いがさし出したら、ぜいたくになる。

トルストイが自分で何でもしようと常に意識しているのは、使役者の立場から少しでも脱け出そうとする政治的姿勢のあらわれである。自分でやれば生活は単純に簡素になる、と言って手助けを断わるのも、汚い重荷を下ろす政治的行為である。単なる道徳の話ではない。

ジノーヴィエフ知事はトルストイの服装や態度に「わざとらしさ」を感じた。わざと少しだらしなくした身なりをし、腰は革でなくわらでしばっている。しかもそのわらは、まともな一本のわらひもでなく、いくつものわらをつなぎ合わせたものである。食卓では「お粥を食べ残した者はいるか、私が食べてしまうから」。このような子供じみた「わざとらしさ」——百姓・貧乏人・庶民ごっこは、最終的な家出の予備的な一歩であった。家出はこの政治問題の無い地点への逃走を兼ねていた。

二一世紀の地球温暖化は人類のぜいたく病の症状である。資本主義は無くてすむ物を大量に作り、それが無しには生きづらい習慣を意図的に植えつけていく。お客様には貪欲な消費動物になってもらい、浪費に慣れてもらう。安価だから使い棄てをくりかえす品も多い。消費に対する罪悪感は無く、経済成長は善だから商人だけでなく政府も消費を増やすようながす。

われわれ日本人は狭く小さい家に住んでいるが、生活は二一世紀風にぜいたくである。広大な敷地に住むトルストイ家の生活は貴族的にぜいたくである。ヤースナヤ・ポリャーナには電子レンジ、洗濯機、そうじ機、皿洗い器、テレビ、スマホ、ケイタイ、空調設備、車等々は無く、電力の代わりに肉体労働で家事が行われた。だからこそ人手が必要であり、朝から晩まで召使いを働かせる。
　時代とともにぜいたくの概念が変化する。二〇―二一世紀型のぜいたくの割合を小さくしないかぎり地球の熱をさますことはできない。トルストイはトルストイの、われわれはわれわれのぜいたくに対する政治的姿勢をもつことが必要である。自分たちの空気を汚す車の生産台数が一千万を超えたなどと宣伝する野蛮な種族が国を支配している。将来、大気を汚染しない車が普及し始めても、車を大量生産する行為自体が生物の生存条件を悪化させる。地球が高熱に苦しんでいるのは政治と経済の産物である。命あるものの生存の場である地球の病状に対する無関心どころか、「経済発展」によって悪化させていくのがあたりまえになっている。トルストイのぜいたく退治の政治性は現代的である。
「馬鹿な鳥は自分の巣を汚す」（英語の諺）
人類は馬鹿な鳥になり、「立つ鳥跡を濁さず」に反して、現代人は一人一人がさんざん地球を汚してから死んでいく。
「子供たちに財産をやって、私はとんでもない罪を犯した。皆に、娘たちにすら、害を与えた。今となってはよく分かる」（日記　一九一〇年四月一〇日）
地主一人を退治して家族の人数だけ地主を増やした。父と同じ思想的立場から財産受け取りを拒否したマリーヤは、結婚することになると財産を受け取ってしまう。
　トルストイは、世間なみに、理くつ無しにごはんを楽しむことができない人間であった。「もしも、ほかの人に食わすことにのみ時間を費やして、自分が食うのを忘れていたら、人間死んでしまうだろう。もちろん、ふたたび悪との闘いに突入するのに必要な体力をつけるためにだけ滋養物をとる、ということもできないわけではない。しかし、こんな動機で食べた食物がちゃんと消化されるかどうか、疑わしい。唾液の分泌が十分に刺激されないにきまっているからだ。だから、食事に費やす時間にはただもう公共の福祉を願う気持ちのみがこめられているというのよりも、人間、食事が楽しいから食事をするというほうがいいのである」（バートランド・ラッセル『幸福論』安藤貞雄訳）

トルストイの物からの解放の呼びかけは、家族の中でも、空転しているから、世間という荒野の住人には偽善に見え、物をめぐって自分と家族との間にできた亀裂の中へ落ちたまま物理的には変わりばえのしない生活をしているのはトルストイにとってさらに根深い偽善になる。

「皆が考えている——爺の野郎、言うことなすことちがうじゃないか、しかも生活にも合ってない……くたばってもいい頃だ、偽善はもう沢山だ！——全くこのとおりだ」（秘書ブルガーコフが伝えるトルストイの言葉）

十月二八日

午前三時、部屋着を着て裸足にスリッパでトルストイがマコヴィツキイの前に立っている。「去る決心をしました。あなたも同行するのです」

トルストイは、思想的同志である末娘アレクサンドラを起し、まずシャモルディノへ行くつもりだが、そうでない場合はチェルトコーフあてにテ・ニコラーエフという変名で電報を打つ、と言った。

彼女はあとで合流する。ソフィヤを起さないように全ては静かに陰謀者的に行われる。トルストイと妻との寝室の間には三つ扉があった。夜間それらは開け放しになっている。ソフィヤがトルストイの動きを全て察知するためであり、財産についての遺言や指示を書いていないか自分が書斎に入って調べるためである。家庭内警察であるソフィヤが今、目を覚ましたら大騒動になる。トルストイは三つの扉を閉めた。

トルストイは興奮して眠っていない。神経が高ぶっている。マコヴィツキイは脈を診た。心拍数一〇〇。

最小限というトルストイの希望にもかかわらず、家出するのは執筆者だから原稿や資料も入れて荷物は重くなり、アレクサンドラ、清書係ヴァルヴァラ・フェオクリートヴァ、マコヴィツキイが馬小屋へ運んで行った。ソフィヤに気づかれないように馬小屋から出発するためである。

駅への道でトルストイの頭が冷え、マコヴィツキイはすでにかぶっている帽子の上にさらに二つ目の帽子をかぶせた。それほど寒い。この寒さは老人の道行きの危険性を暗示している。新暦ではすでに十一月、厳寒の冬の戸口である。零下であり、薄氷がはっている。

トルストイの希望で三等車に乗った。超満員、煙草の煙、息苦しさにもかかわらず、解放感からトルストイは精神的には「なんとすばらしい」という状態である。家出の原因はソフィヤの背後にあり、彼女はきっかけにすぎないから、ソフィヤには悪いことをしたという思いを口にしている。車内は疲れるので、時にはデッキに出て外気に身をさらすことになる。ロシヤの寒風が八二歳の老人の呼吸器にどのように作用したかは間もなく分かる。

四時五〇分コゼリスクに到着、トルストイは疲れきっている。汽車の中では、トルストイが乗っていることがすぐに分かり、乗客とトルストイはさまざまな問題で議論した。これはトルストイにとって勉強になるが、さらに疲労をつよくすることになった。

馬車でオプチナ修道院へ行く。広い部屋があてがわれ、「ここはいい！」とトルストイは喜ぶ。しめしあわせたとおり、アレクサンドラへの電報の文面を書く。署名テ・ニコラーエフ、チェルトコーフ方アレクサンドラへ。

その夜は、はちみつ入りのお茶を飲んだだけで何も食べなかった。マコヴィツキイはトルストイの長靴を脱ぐ手助けをしようとしたが、「自分のことは自分でしたい」と断わり、苦労して自力で脱いだ。他人に世話をかけるのが少なければ少ないほど、生活は単純になる。「極端なまでに単純化したい」。財産を捨てるのも人生単純化の一方法であり、家出は単純化の最も強力な手段であった。自力で長靴を脱ぐことと家出の決行とはみごとにつながっている。老化は死にいたる病である。自立はそれに対する健康で合理的な対応である。心と体の衰弱から神へ向うのは多くの老人の習慣である。トルストイの場合は、神よ、神の助けなしに生きていく力を与えたまえ、というお願いがふさわしい。革の長靴を苦労して脱ぐのはトルストイの自立の根本にかかわる重要な問題であった。

十時に就寝。トルストイのそばを猫がかけまわり、家具にとびのる。ある女性が廊下で号泣している。身内が今日死んだ。朝方彼女はトルストイの足もとへ身を投げだし、自分の子供のことを頼んだ。初日二四時間の終りのこの出来事はトルストイにとって象徴的である。トルストイなら、何とかしてくれる、という未知の女性の願いは、ロシヤにおけるトルストイの位置をあらわしている。

この日は、習慣に反して、一行も書かなかった、あるいは、書けなかった。この意味でトルストイにとって異常な一日であった。

若い作家マクシム・ゴーリキイは、ヤースナヤ・ポリャーナの無数のお客の一人だったが、ソフィヤ夫人とゴーリキイはおたがいに嫌っていた。ゴーリキイには、ソフィヤは、見世物小屋のライオン使いであった。最初、老いたライオンの力を見物客に見せ怖がらせたあとで、そのライオンが言うことを聞く唯一の人間が私なのだということを見せつけるのである。

レフ・トルストイのレフはロシヤ語でライオン、トルストイは大きいという意味である。ソフィヤは、毎日やってくる無数の客の前で自分がこの老いた大きなライオンを思いのままに支配し、この地上で彼女だけに従い、その言うことを聞くのだ、と無言で宣伝しているかのようにゴーリキイには思われた。

その従順なはずの老いぼれのライオンが彼女の檻から逃亡したのである。トルストイは「心の安らぎ」を卑劣さと呼んだ青年時代よりも八二歳の今の方が過激である。家出こそは「心の安らぎ」の完全破壊である。

トルストイは、貧民に相当のほどこしを定期的にすることを自分に命じて、今までどおりの生活をし胃袋も良心も共に満ちたりた状態を保つことも可能であった。幸福な胃袋といい気な良心とがおたがいに手をとりあって「心の安らぎ」を贈ってくれる。

もし、この生き方を選んだら、財産を国家権力が守ってくれることに感謝しなければならない。他人の富を奪って人を殺した者を死刑にすることに反対できない。死刑廃止論は引っこめなければならない。この「安らぎ」を保つためには軍隊が外敵と戦うことも不可欠である。反戦不戦も口にできない。非耕作者である地主による農民の搾取についても非難できない。トルストイがトルストイを止めることになる。これで家出しなくてすむ。「狂人」でなく、良識ある老人として、いかなる劇もなしに「安らぎ」の中で息をひきとることになる。しかしトルストイは、「狼も羊も無事」(ロシヤの諺)という世の中と人生のめでたしめでたしの状態を願う小心でおだやかな老人の対極である。だから今、家の外に出て寒風に吹かれている。

自分をライオン使いだと意識しているから、ソフィヤは後にマコヴィツキイを責め、なぜあの時に私を起してくれなかったのか、彼をなだめたら家出しなかっただろうに、彼は妻を棄てて私に恥をかかせた、と言った。

ソフィヤは、前夜、書斎に鍵をかけないでくれと頼んだ。午前三時ごろ、戸を開ける音と足音が聞こえる。今夜が初めてではない。トルストイは鍵穴からソフィヤの様子をうかがう。彼女は何かをさがし、そして読んでいる。その後用心深く戸を閉め、去っていく。

これは外敵と住人との関係であり、トルストイには、「耐えられないほどいまわしい」。もはやこの家に居られない。「私との四八年間の誠実な生活に感謝する……」という置き手紙をして家を出た。

ヤースナヤ・ポリャーナでは、午前十一時頃起きたソフィヤは、トルストイの部屋に入った。夫はいない、レミングトン部屋と呼ばれている原稿清書のための部屋にかけこむ。ここにもいない、図書室にもいない。そこへ、トルストイの家出が告げられ、トルストイからの手紙が渡された。最初の一行を読んだだけで、彼女は、池へ走っていった。若い秘書ブルガーコフが先頭になって走る、その後をアレクサンドラが追い、追いぬく。料理人セミョンも走る、下男ヴァーニャその他もかけつけてくる。ソフィヤの白い服が木の間を通りぬけていく。四人は必死に追う。ソフィヤは池へ身を投げた。池は氷水である。六七歳のソフィヤには危険である。アレクサンドラは走りながら上着を脱ぎすて、池へ飛びこむ、ブルガーコフがそれにつづく。二人は必死になって服が水ぶくれした重いソフィヤを引きあげた。

ソフィヤは猛獣使いの高みから池へ転落した。

十月二九日

「死を希ふことなく、生を求むること勿れ。下僕がその報酬を待つが如く、時機をのみ待つべし」

（『マヌの法典』田辺繁子訳）

高齢のトルストイは、仕事をしながらも、同時に、この年齢で死ぬことはいい事だと言い、死をはねつける気持は無く、ただ受け入れるだけである。仕事をするという生と死を受け入れる気持との両立は、古代インド人が書いたマヌの法典の教えと一致している。いつ無になってもいいという、宇宙への天窓が生の中で全開になっている。老人に向ってそこから爽やかな風が吹いてくると、生も死も対等になる。いつ死んでもいい、と、ニコライ二世に手紙を書かなければならない、が共存する。したがって、この齢では生きるべきでないと言いながら、一日も仕事を止めないのは自然そのものである。

晩年の手紙にはe.б.жという略語「もし生きていたら」を書くようになる。この三文字は最晩年のハンコであった。このハンコを使用し始めたら、待ってはならない。

だから、最晩年という時間帯を仕事場に変える。時間を場に変える。老を労へ転換する。

トルストイには、死への異常な、精神病的な恐怖、死神に殺されるより自分で自分を殺そうとしたほど、〈人は死ぬ〉という真理に追いつめられた時期があった。死を迎える自然な態勢で仕事をしている老年期は、これとは別世界である。トルストイは、生存条件と自分との関係を変えることによって死から恐怖を剝ぎ落としていった。死への恐怖をふり落とし、死だけが残った。死との対面を、八〇代の老人は長く待つ必要はない。今では死神は、トルストイの好きな自然の掟にすぎない。この死の影の下でトルストイは仕事をする。したい。中途半端なままの問題がたまっている。ありきたりの老人にとっては、もうどうでもいいことである。トルストイにとっては、それは今日の一大事である。身体が仕事の能力を失いだしたら、助力者たちが筆記してくれる。昔はソフィヤが今はアレクサンドラ、ブルガーコフ等の若い世代がすぐに原稿にしてくれる。自分のことは全て自力でやる、という原則からずれてしまうのは彼には無残な後退のようだが、昔から清書は他人がやってくれた。生みだされるものがあまりにも多く清書どころではなかった。

トルストイは超老人ではない。六〇代前期ですでに物忘れをなげいている。高齢になるとしばしばめまいにおそわれ、おそらく動脈硬化がひどくなっている。

肉体の健康には散歩を欠かさない。来客と話している最中にも中坐して散歩に出かけ帰ってきたら話を再開する、ということもあった。八二歳で「若返るために」体操を始め、どうやらよろけて棚につかまったらしく、棚が自分に向って倒れてきた。「八二歳の馬鹿だ」と自嘲している。歯を失うと咀しゃくによる脳への刺激がなくなり、痴呆になりやすい。八二歳のトルストイはすでに半世紀も歯無しで生きている。ソフィヤの三四歳の花婿はすでに歯を失っていた。ところがトルストイは歯の多い老人よりしっかりしているどころか、当代最優秀の頭脳を維持している。口の中は空っぽでも頭の中にすき間が無い。ふつうの年寄りだが、世の老人の大多数と全くちがって、脳の酷使と自分を超えたロシヤ全体に対する絶え間ない政治的働きかけが老の中でうつらうつらすることを許さない。

政治に対する関心は他者の命への関心である。自分個人の利害と関係がある場合だけ政治に注目するふつうの人ではない。常に自分を超えた次元で全ロシヤに向って政治的に語りかけるが、その中にしばしば自分自身の生活形態への批判がおりこまれている。トルストイの場合、万人に関係する政治とのかかわりは、見ず知らずの他者への誠実さである。政治に対する無関心は利己主義のあらわれである。

誠実さが最もはっきりあらわれるのが命の問題である。死刑廃止論から暗殺者を殺すなという皇帝への働きかけにいたるまで、仕事が山ほどあり、自分の命が薄くなっていく晩年のトルストイは世の中の命の問題で忙しい。

トルストイがとうとう家を出たことに歓喜しているチェルトコーフは自分の秘書である若いアレクセイ・セルゲエンコを家出人のもとへ行かせ、ヤースナヤ・ポリャーナの様子を伝えさせた。セルゲエンコは、県知事の命令で警察がトルストイの跡をつけ、居所をさがしだすことになった、と知らせた。実は、ここへ来る汽車の中で私服の刑事が二人トルストイを見張っていた。政治的、宗教的に異端であることは大罪だから、トルストイは今に限らず、犯罪者として国家権力の監視下にある。

トルストイは死刑廃止論の最終部分をセルゲエンコに口述筆記させた。これは「死刑という思いちがい」を無くそう、という呼びかけである。トルストイにはもう時間がない、死刑廃止の行動の続きは死後に期待する。だから書き残しておく義務がある。

一八五七年二九歳のトルストイは勉強のためヨーロッパへ行き、パリでギロチンによる処刑を見物した。死刑囚は福音書に接吻し、そのあと、頭が体から離れ、箱の中へ落ちて音をたてた。存在するものと進歩は合理的であるという類いの、いかなる理論もこれを正当化できない、と頭でなく存在全体で理解した、とトルストイは回想している。(トルストイ『黙っていられない』一九〇八年)

死刑廃止はトルストイの生涯をつらぬく課題になる。そして今、ギロチンから半世紀後、家出の道行きの途中でそのまとめを口述している。死刑廃止論は、不戦論、暴力否定、テロリズム否定等の命の敵たちに向られた論説とおたがいに結びついている。死刑制度は、国家権力に殺人の権利と資格を与える。国家も殺人も永遠に消滅することを願うトルストイが死ぬ直前まで死刑廃絶にとりくむのは自分自身への義務であった。いつ死んでもおかしくない年齢のトルストイからは、もういいだろうと自分の思考に年寄りじみた停止命令が出ることはない。

一八八一年三月一日午後一時頃、アレクサンドル二世は六人のコサック兵に守られて馬車で冬宮を出た。ネフスキイ通りでなく――テロを警戒して皇帝の道順を突然変えることはめずらしくない――エカテリーナ運河ぞいの道を走っていく。「人民の意志」党の工作員たちはいそいで河岸通りへ移り、皇帝の帰りを待つ。

午後二時半皇帝の馬車は、爆弾を手にしたルイサコーフ某と横ならびになった。その瞬間ルイサコーフは爆弾を投げる。失敗。無傷の皇帝は非常識にも馬車から出て、すでに捕まえられている犯人の方へ歩いていく。この時、二時三五分、グリネヴィツキイ某が爆弾を投げた。皇帝は血だらけになって運河の鉄柵の上に倒れ、「人民の意志」は最大の獲物を仕留めた。

トルストイは、ひどいロシヤ語を話すイタリア人の旅芸人から皇帝が暗殺されたことを知った。トルストイがまずすべきことは、殺人者たちを殺してはならないと新帝アレクサンドル三世に言うことであった。皇帝あての手紙をアレクサンドル三世に手渡してくれるよう、帝のそば近くにいるポベドノースツェフに頼んだが、断わられた。しかしともかく届けることに成功した。手紙は送られたが、下書きが保存されている。

「すでに万人に対して罪深い私が、なすべきことをなさないでさらに罪をかさねることを恐れます」と、この件で皇帝へ手紙を書かないのは罪であるとのべ、父上が「全人類の最高の幸福とやらのために」殺された、とトルストイによる社会主義批判の常套句を使い、その犠牲になった善良な先帝を悼む。アレクサンドル二世は農奴解放を行ったので、解放帝と呼ばれていたのである。

「悪に対しては善を、悪に抵抗せず、皆を赦したまえ」「これを、これだけは、なすべきです、これは神の意志です」

キリスト教的赦しは個人の人間のためのものであって、国家には合わない、というのは、「陛下、これは嘘です、最悪の、最も狡猾な嘘です」と、政治は政治、キリスト教はキリスト教、という分離、対立におちいらないよう若い皇帝を教育している。

「人民の意志」党に暗殺されたアレクサンドル二世

ソフィヤ・ペローフスカヤ（1853-81）
アレクサンドル二世暗殺の指揮者。
暗殺二日後に処刑された。
ロシヤ史上、政治犯として死刑になった最初の女性。

ほかならぬトルストイからの手紙なので、皇帝は読み、「父親の殺人者たちを赦す権利は私にはない」とトルストイに伝言するよう側近に命じた。

最初に爆弾を投げたルイサコーフは、逮捕後仲間を売った。しかし自分を救うことはできない。トルストイの願いを無視して、四月三日ルイサコーフをふくむ五人が公開で絞首刑になった。

キリスト教の「殺すなかれ」も仏教の「不殺生戒」もともに最重要の戒律である。これから派生したのが暴力に対する無抵抗である。これは復讐の否定、禁止である。頬を打たれたらもう一方の頬も差しだせという教えは、自分の頬の復讐のために相手の頬を打つな、と解釈できる。頬を打たれたら無条件にもう一方の頬も打たせよ、と文字どおりに受けとり実行する必要はない。父親をテロリストに殺されたら母親の命も差しだせとは神様にもキリストにも言う権利はない。

テロリストは一般的に虐げられた民衆のための

復讐を口実にするからテロは無くならない。復讐の「権利」と「義務」を持つ者が、それを放棄することによって復讐の連鎖の動きを止めることができる。トルストイの手紙にもかかわらず、アレクサンドル三世は父親への復讐を息子として神聖な義務と考え、アレクサンドル二世の殺人者たちを殺した。

アレクサンドル三世は暗殺未遂を経験し、大酒の一因はいつか殺されるという恐怖だと言われている。皇帝は、皇后のマリーヤ・フョードロヴナの見ていないすきに長靴からコニャックをとり出し、悪友の主席護衛官といっしょにラッパ飲みし、皇后がもどってくるとそしらぬ顔をした。このゲームはお気に入りで、アレクサンドル三世の命は五十歳までもたなかった。

二日目の夜が明けてから、マコヴィツキイにたのんだ。部屋はあまりにも立派すぎる、寝床は軟らかい。もっと質素な部屋で、寝床が硬い所へ移りたい。修道院の客用の部屋はトルストイ伯爵には贅沢すぎて苦になる。「良く眠れた」けれども、自分への裏切りであり、言行不一致になってしまうから、このすばらしい部屋を辞退する。トルストイの言動の不変の特徴は徹底性である。年寄りだから軟らかいふとんで、という甘えは全くない。ぜいたくと闘っているトルストイには「簡素化」は自然な要求であった。これはもはや思想でなく、少しのぜいたくも生理的に受けつけなくなっている。客室係の下級聖職者はトルストイを伯爵閣下と呼ぶ、その閣下は質素簡素を要求する。しかし家出してもトルストイは、「小さくされた者」としてあつかわれない。

アレクサンドル三世と家族。1880 年

5　「ひょっとしたら死ぬ。いいことだ」

十月三〇日

二人の農婦——嫁と姑が住んでいる家があり、二人は二部屋のうち一部屋だけを使っていた。もう一部屋は土間ではなく床があり、暖かい。貧しいので部屋を貸したい。農家なら大邸宅でなく誰にもひけめを感じることなく住める。農婦はトルストイに身なりから「職人かね」とたずねた。伯爵で、その名が外国にまでとどろいている作家とは想像もできない。好都合である。しかも妹がいるシャモルディノ修道院に近い。トルストイは、一カ月五ルーブリで借りることにした。

「トルストイは愛馬デリルのていてつをはずさせた。こんないい馬を持っているのかと民衆がうらやましがるからだとのこと」（ソフィヤの日記　一九一〇年四月二四日）

デリルに乗るのを止めた。これは自分の政治的姿勢がトルストイから自由を奪っている一例である。デリルの代わりに袋一つで貧農の間借り人になるなら、「民衆」を気にする必要がない。自由に、気楽に仕事ができる。やすらかに死ぬために家を出たという解釈とは逆にトルストイはやすらかに書くために家出したのである。土地私有禁止を叫ぶ地主、権力に財産を守られながら国家権力廃止を理想とする政論家、ソフィヤより重くて、やっかいなこの二人を置き去りにして、トルストイは、家を捨て、頭も心も軽く歩きだした。

民衆がねたむとトルストイが心配した愛馬デリル

アレクサンドラとフェオクリートヴァがやってきた。家出を支持する二人はソフィヤと敵対関係にあり、トルストイの世話をするためにヤースナヤ・ポリャーナを脱け出したのである。

ソフィヤが追いかけてくる可能性があるので、もっと先へ逃げなければならないとアレクサンドラが言う。さまざまな行先を検討したが決まらない。ソフィヤの自殺の可能性についても話し合った。ソフィヤは自己中心的で、自分がかわいく、自殺はしないだろうと皆が思っていた、とマコヴィツキイは書いている。皆が興奮しているが、トルストイは執筆している。

部屋を借りることになっている農婦はなぜか来ない。ともかく、ソフィヤという追手から逃げるためには百姓家での仕事はどっちみち無理である。

一年半ほど前からトルストイは気が遠くなる、めまいにおそわれることがある。マコヴィツキイは、原因として貧血、心不全、執筆による過労、動脈硬化などをあげている。ストレスによる自律神経失調症も考えられる。マコヴィツキイがストレスという言葉を知っていたら、トルストイの症状をソフィヤをストレス源とするソフィヤ症候群と診断したかもしれない。ソフィヤとの再会を極度に恐れているのは、家出の主因がソフィヤであることを意味するのではない。しかし、神経へのソフィヤの影響力、作用は誰のものより大きい。

一九〇五年一月、トルストイの息子レフはニコライ二世と一時間以上も話し合った。大きな国の小ちゃな皇帝は、レフに次のように言ったとソフィヤが聞いてきた。「あなたの父上は偉大な人です。と同時に空想家ですね。たとえば土地に関して」

ロシヤ帝国最大の地主である皇帝にとって、土地私有の禁止など空想奇想である。もちろん犯罪的な危険思想である。

ソフィヤも皇帝と同じ意見である。ニコライ二世には空想ですむが、彼女には夫の思想は、自分と子供たちの経済的基盤をゆるがす暴力である。だからのたうちまわって抵抗した。

八二歳のトルストイは、国全体の体質を変えるために、強大な相手と闘うが、武器は一つの頭と一本のペンである。体は老化から老衰へ向っていくが、頭とペンには使用期限がすぎていない。インク壺にはまだインクが残っている。

ミケランジェロ（一四七五―一五六四）は、八八歳一一カ月で死ぬまで、五年前に始めた《ロンダニーニのピエタ》の製作をつづけ、この作品を完成させることはできなかったが、未完であることが、独特の力を秘めており、「永久の未完成これ完成」（宮沢賢治）であり、ミケランジェロは、手を加えたらだいなしになる「未完成」を残した。

トルストイのロシヤ改善の仕事は大いなる未完成である。ニコライ二世が空想と呼んだものは原石であり、二一世紀の手になじませるには研磨が必要である。古典とは、後の世にとっては原石である。今の読者の時代に合わせて細工されていない。受け取り手には創造的に読む、消化する手間がいる。たとえば、トルストイの非現実的絶対的平和・非暴力主義は、あらゆる戦争反対、暴力否定の芯になる。どのような現実の展開があろうと、それは二一世紀における闘いの工程表でなく、命を守る原理原則として存続する。つまり二一世紀が大切にしなければならない原石である。

帝政は病んでいた。一九〇五年の日露戦争の敗北はそれを重病人にした。帝政をゆさぶる大波が起った。体制の危機を感じた皇帝は、十月一七日、詔勅を出し、いくらかの自由が国民に与えられた。しかし、政情不安はつづき、ヤースナヤ・ポリャーナでも農民の態度が変わり、木が勝手に伐られ、地主である子供たちの所でも破壊や盗みにあった。ソフィヤは、知事に防禦を要請し、知事は警備の要員を派遣した。ヤースナヤ・ポリャーナに警察が常駐している。敵は農民である。知事自身もやって来る。地主は沢山いるがトルストイ家は別格である。

この状況はトルストイにとって拷問であった。父親の苦しみがあまりにもひどいのでアレクサンドラは知事に面会し、警備を止めるよう頼んだ。知事は、あなたの母上である伯爵夫人の要請でやっているのだとそっけなく答え、とりあわなかった。この光景はトルストイとソフィヤとのはてしないへだたりの図解である。この絵の延長線上を汽車に乗ってソフィヤがやって来るだろう。

一九一〇年七月二二日、八一歳のトルストイは、状況を心配したチェルトコーフ、アレクサンドラのおぜんだてで、ソフィヤに気づかれないように森の中で遺言を書いた。死後、著作からの収入が夫人の私有になるのを阻止するため、全著作をアレクサンドラに、彼女の死のさいには長女タチヤーナに与える、と書いた。この一週間後、七月二九日から『自分一人のための日記』を書き始め、夫人はそれを長靴の中から取り出して、読み、どうやらソフィヤに秘密にしている、したがって、彼女に不利な遺言があるらしいと考えていらいらしている。十月一九日、夫人は、以前にトルストイの妥協の結果自分の所有物になった一八八〇年以前の著作も奪われるのではないかと心配し、それを出版社に一〇〇万ルーブリで売る交渉をしていると、アレクサンドラがトルストイに知らせた。

ソフィヤは全身を爆弾にして、所有権を与えない夫に体当りした。けいれん、めまい等のトルストイの体調不良は、神経の打撲傷である。家出の二五日前、一九一〇年十月三日から四日にかけて、トルストイはひどいけいれんの発作を何回も起し、足がはね上がり、顔の筋肉までけいれんしている。トルストイの側近マコヴィツキイ、チェルトコーフ、ビリューコフ、ブルガーコフが、バネのようにはね上がる体を必死になっておさえこんだ。この年採用されたばかりの若い秘書ヴァレンチン・ブルガーコフは、ふだんとはあまりにもちがうトルストイの体と脳の状態に衝撃を受けた。浣腸もした。トルストイは正気を失い、うわ言を口ばしっている。何度もくりかえされる原因不明のけいれんの最中、この忠実な一団はトルストイの死も覚悟した。

「今回だけは、今回だけは」とソフィヤが祈っているのを、ブルガーコフが聞いている。今度だけは死なせないで下さいと神にお願いしているソフィヤにとって、最大の恐怖は、トルストイの死であり、次に著作からの収入の受け取り人に自分以外の者が指名される、あるいは、すでに指名されたことである。

皆が死を予期している状況でソフィヤは、アレクサンドラに「お前は父親を失うだけ、私は夫を失ってしまう。しかもその死は私のせいだからね」と言った。妻である自分の方が娘アレクサンドラより不幸なのである。

嵐の一夜が明けるとトルストイの頭は晴れ、けいれんの高波が引いて体は静かになった。遺書の運命をめぐるソフィヤの行動をトルストイは知っている。昼間の緊張、騒動のあと、夜は、昼間とはちがって泥棒のように静かに事がはこばれるが、紙をまさぐる音が聞える。これらはトルストイの心身にとってすさまじいストレスであった。夜すら安らかに眠れない。

マコヴィツキイはソフィヤにトルストイのけいれんの原因を告げた。マコヴィツキイは、ソフィヤ自身が原因――ソフィヤによる心労とひどい仕うちからくる過労――を分かっているはずだと思った。マコヴィツキイはソフィヤに、原稿や手紙をトルストイが隠さなくてもすむように、それらを探さないで下さいと頼んだ。

ライオン使いにトルストイの体が反逆した。ソフィヤは、このたびのトルストイの病気は自分にとって教訓になったと語っており、この強気の女性も自分の非を認めた。しかし重い物欲がつかの間の反省をおしつぶし、ソフィヤは遺言状をさがしつづけ、著作の所有権を自分に与える旨一筆書いてくれとトルストイに要求し、邸内の状況は以前と同じで、トルストイが再びけいれんの発作を起すかもしれないというおどしにもかかわらず、ソフィヤは家出の前夜までトルストイのすさまじいストレス源でありつづけた。

長い間おなじ家に暮らしてもソフィヤはトルストイの思想的、政治的立場を共有する意志も能力もないどころかそれを理解しようとはしなかった。「愚かな者は生涯賢者につかえても、真理を知ることが無い。匙《さじ》が汁の味を知ることができないように」(『ブッダの真理のことば』中村元訳)。匙は何百回汁をすくおうが、汁を味わうことはない。その能力も意志もない。

ソフィヤにはトルストイの死ぬまでつづく自己変革は無縁である。したがって、自分と物との関係が変わるどころか財産を失う危機感がソフィヤを非トルストイ的から反トルストイ的に変えた。「屋根をよく葺いてある家には雨の洩れ入ることが無いように、心をよく修養してあるならば、貪ぼりが心に侵入することが無い」(『ブッダの感興のことば』同)

けいれんの翌日、ビリューコフが、うわ言は魂、理性、国家だと伝えると、トルストイは満足そうだった、とブルガーコフは日記に記している。

魂、理性、国家はトルストイという生きた体系中の土台である。日常を越えた意識の奥から出てきたこれらの概念は、さまざまな著作にくりかえされるが、それらが職業的文筆家の舌先三寸から自動的に出てくる類いのものではないことを、うわ言が証明している。この試験はこれからも繰り返され、そのたびに同じ結果が出ている。うわ言を口ばしる状況へ落とされても、トルストイは意識のどん底で仕事をしている。

家出人になってからは、執筆を妨害する嵐にあうことはない。執筆ができる。執筆しなければならない。本人は知らないが、人生はあと一週間残っている。一週間しか。一週間も。

トルストイの希望は全著作を万人にむかって完全に解放することだから、アレクサンドラが所有するのではなく彼女は一時的に預かっているだけである。彼女に所有権を与えるのは、ソフィヤの財布に入るのを防ぐ応急の処置であり、全人類の財産にするという遺言は、法的に無効だと弁護士に教えられたので、誰か特定の人物を指定する必要があったからである。

一九一二年、トルストイの死からまだ二年もたっていない時にアレクサンドラを発行人、チェルトコーフを編集人にして『トルストイ死後文学作品集』全三巻全一冊が刊行される。その冒頭に書かれている。「転載は無償で許される。本書中の劇作の上演は無償で許可される」

十月三一日

午前三時すぎ、トルストイは朝の汽車で出発しようと言った。行先は未定である。駅への途中、トルストイは、さっそく御者にその暮らしについて質問する。人間研究者の長年の習性である。汽車の中でも行先は決まらない。新聞『ルースコエ・スローヴォ』を読む。トルストイ家出の大きな活字がおどっている。この新聞はトルストイを尾行している。県知事の放った尾行者もついてくる。

どこでも乗客がトルストイをながめる。ふだんでも群集の視線をあびるが、家出の道行きのトルストイは、特別の関心の的である。ソフィヤあての手紙を発送し、「先へ行く。さがすな。文あと」と電報を打つ。午後六時三五分アスターポヴォ駅に着いた列車の二等車にトルストイ、医師、娘アレクサンドラ、正体不明の女性一人が乗っていると車掌長が駅長イヴァン・オゾーリン（一八七二—一九一三）に告げた。

トルストイは悪寒がして、六時には、体温三八・五度、八時には三九・五度になる。マコヴィツキイは肺炎を心配し、アスターポヴォ駅で降りることにした。寒風が身を刺す。マコヴィツキイは、トルストイが車中におり、どうやら肺炎らしいと駅長に告げた。

プラットホームや駅の構内にいる群集は、うやうやしく道をあけ、トルストイに敬意を表して帽子をとり、息をつめてどうやら病気らしいトルストイをながめている。その厳粛な静けさの中をトルストイは、体を支えられながら歩いた。停車時間は三五分である。発車五分前にマコヴィツキイが、トルストイのための個室はないだろうかとオゾーリンにたずねた。駅構内には鉄道員用の宿泊施設がある。しかし、トルストイをそのような所に泊めるわけにはいかないと判断した駅長は、私宅の「明るい、いい部屋」を提供すると申しでた。

トルストイは女性用の待合室で疲れた顔をして坐っている。トルストイは、私宅を提供してもらったことを感謝し、迷惑ではないだろうかとたずねると、駅長は、それどころか「この上もない喜びです」と答える。廊下には野次馬たちがいっぱい居たが、アレクサンドラの頼みで駅長は全員追い出した。トルストイ家出はロシヤ中に伝わり、汽車に乗っていないかと各駅の駅員たちも家出中のトルストイをさがしていた。

一部屋では狭いと判断したオゾーリンは隣室も開放した。トルストイは、駅長の親切に感動し、オゾーリンに、大変世話をかけて申し訳ないと言って彼の手を握り、「ありがとうございます。ありがとうございます」と言った。歴史的な偉人が突然あらわれて、田舎の駅長に心から感謝している。オゾーリンは感激して涙がこみあげてきたので、なんでも心から致しますとやっと答えた。オゾーリンは、この言葉どおりに行動する。

駅長夫人が、子供たちがうるさくて御迷惑をかけるでしょうと言うと、隣室からもれてくる子供たちの大声を聞いて、トルストイは、「天使のような声、なんでもありません」と安心させた。

演奏会を取り止めてかけつけてきたピアニスト、のちにモスクワ音楽院院長になるアレクサンドル・ゴーリデンヴェイゼル（一八七五―一九六一）にトルストイは言った。

「何のために自分の演奏会を止めたのですか」

「あなたの所へ、レフ・ニコラエヴィチ、やって来ました」

「百姓が土地を耕している時は、父親が死んでも土地を離れない。あなたにとって演奏会はあなたの土地、あなたはそれを耕さなければならない」

しばらくしてトルストイは、涙を流しながら小さい声で言った。

「ありがとう、……愛情に………」

トルストイは居合わす皆に向って、ソフィヤに来ないように電報を打ってほしいと頼み、自分で文案を口述した。ゴーリデンヴェイゼルによると、ガラス張りの扉から突然ソフィヤが入ってくるのではないか、と始終トルストイは恐れ、これが悪夢のようについてまわった。少しでも気をおちつかせるために覆《おお》いをつけて扉が暗くなるようにした。

トルストイは汗を出し、ソフィヤに追いつかれると、うわ言を言う。マコヴィツキイは、駅長に休暇をとって一家でどこかへ出かけてくれないかと頼む。病人には静けさが必要である。気のいい夫妻もこの急な要求にはすぐに応えることはできなかった。

十一月一日

高熱で脈が速い。体温三九・七、脈九四、不整脈八。寒けにもかかわらずトルストイは、アレクサンドラに神について口述した。

朝方、熱が上がり始めたとき、「ひょっとしたら死ぬ。いいことだ、たやすいことだ」と言う。死に対するトルストイのこの立場は、医学否定と関係する。トルストイの医学否定、自然としての肉体への医学的介入の拒否は、身体に執着するなという仏教の立場にも通じる。道元は言う、「此の身を執すべからず」、「此の身に著《ぢゃく》して離れずんば」シャカの教えを身につけることはできないし、「一息とゞまりぬれば山野に離散して終《つひ》に泥土となる。何を持《もつ》てか身と執せん」（懐奘編『正法眼蔵随聞記』）

病気になれば家族はニキーチン医師などを呼ぶが、トルストイには他人事である。息をひきとる寸前までトルストイが、「身を執すべからず」の心境であり、身体に執着していないことが証明される。死が近づいても至近距離まで来ても肉体への執着はない。名を知られた一禅僧が胃癌を宣告され自殺したが、トルストイは、身の執着に関しても、この禅僧のように顔にはたてまえ、世間が見ることのできない背中に本心という類いではない。

死んでもいい――これは家出前から口に出し、日記にも書いている。片手で死を受け入れ、もう一方の手で仕事をする。死と仕事が分業態勢に入った。死によって生に亀裂が走るのでなく、生は死を乗せたまま動きつづける。これがトルストイ最晩年の特徴である。「露命消やすし、時光速かにうつる」（同）、この条件の下で人は生きるのだから、死の前の時間を仕事からの休暇のように使うことはできないはずである。

午後四時、体温三九・八、脈一〇六、不整脈一五。一日中何も食べなかった。トルストイの体調——体温、心拍数、不整脈の回数などの数字はきちょう面なマコヴィツキイの後世への贈物である。彼はこの世で一番大切な患者であるトルストイの体から心の状態、願望まで観察し、見とどけ、それらをその場で記録した。本書に記された検診の数字は全てマコヴィツキイ医師の記録にもとづいている。病人トルストイにつきそった者でなければ分からない細部もまた彼の『ヤースナヤ・ポリャーナ記録』(全四巻、一九七九年、モスクワ)に記されている。注をふくめて大判で二二二五ページの大著は、単なる医師の記録ではなく、マコヴィツキイのトルストイへの敬愛の産物であり、彼の人柄の証明である。この仕事は人間研究の古典になるだろう。

トルストイは家出の同行者として別人を考えていたが、マコヴィツキイが志願した。八二歳の老人が厳寒が始まろうとする時期に家を出ていくのを放っておくことはできない。しかも彼は、アレクサンドラ、フェオクリートヴァとともに家出の支持者であり、家出の意味を深く理解していたから、トルストイにとって理想の連れであった。

この年、一九一〇年にロシヤ帝国内でロシヤ語で発行されている新聞は六八〇紙あった。報道陣が二七一人に達した。駅長オゾーリンも質問ぜめにあう。『ルースコエ・スローヴォ』紙は彼に一〇〇ルーブリという大金を送り、トルストイの病状を知らせよという電報がきた。トルストイが新聞に報道されるのを望んでいないことが分かると、駅長は金の受け取りを拒否した。この日、病人は一日中食事をとらなかった。

医師マコヴィツキイ（右）と81歳のトルストイ。
寝室にて、1909年

6 「地球全体が大きな墓にすぎない」

十一月二日

左の脇に痛み。肺炎の可能性が高い。ゴキブリ、南京虫がいる。ねずみが騒ぐ。チェルトコーフが自分の秘書アレクセイ・セルゲエンコをともなってやって来た。

痰に血がまじっている。肺炎にかかっているのはまちがいない。チェルトコーフに新聞を読んでもらう。新聞には連日トルストイの記事があふれている。トルストイについての記事を読むと、トルストイは自分のことでなく何か政治的なものを頼む。並の人間はこの状況では今の自分に関係のない大局的な政治の問題などどうでもいい。大病で弱っていてもトルストイはトルストイである。トルストイは脈拍、体温、不整脈の数字に強い関心をもち、自分で体温計を見たりすることもある。これは死への恐れではなく、常に旺盛であった好奇心のあらわれである。「私は何者か」を一生追い求め、自分自身が好奇心の対象であった。たとえば高温はその自分の一片である。病状に好奇心が向られたが、それを治療の対象にはしなかった。

ソフィヤは池から助け出された後も、また同じような行動にでて召使いにおしとどめられた。まわりの者には池ではなく他の方法で死んでやると言うので、医師が呼ばれ、ソフィヤはヒステリの発作という病名をもらった。これは上つらのことで、ソフィヤの病気はトルストイ中毒であった。ソフィヤは、トルストイのまくらを赤ん坊のようにだきしめたり、このかわいそうなおつむは今どこに居るのかしら、と言うかとおもうと、悪魔、なんであんな残酷なことができるんじゃと口走ったり、愛情とうらみで平常心を失っていた。

彼女は家出人へ手紙を書いて、二度目の自殺から私を救ってほしい、私は何でもする——あらゆるぜいたくを完全に止める、と誓った。彼女の大地はトルストイであり、夫の不在は足もとから人生の基盤が消えたことを意味する。突然財産を捨てようと言ったり、あげくのはてに夜逃げしたひどい亭主がソフィヤにはこの世で最も大切な存在であった。宙ぶらりんでは生きられない。再度の自殺は家人に対する単なるおどしではない。入水以外の方法で死ぬと言うので、周囲の者たちはナイフ、ひも、鈍器を隠した。

トルストイは帰るどころか、さらに先へ、遠くへ、国外脱出まで考えている。

自殺未遂の後ソフィヤは飲まず食わずで苦しんでいる。十一月一日になって、トルストイのところへ行く体力が無くなるのを恐れて少し食べた。次の日、十一月二日、『ルースコエ・スローヴォ』紙が電報でソフィヤに「レフ・ニコラエヴィチはアスターポヴォに居る。体温四〇度」と知らせた。

ソフィヤが特別列車で子供や自分のための医師をつれてやって来るとオゾーリンが言う。ソフィヤが来ることはトルストイには言わないことになった。今、この状態で心の激動は命にかかわる。病人はなにも食べない。

深夜、車輛一つだけの特別列車が到着した。ソフィヤはトルストイに会いたいと言ったが、マコヴィツキイは、それはなりませんと断った。トルストイは、ソフィヤに追いつかれると一昨日うわごとを言っていた。

私は実際なにもしていない。ただ日記は彼のところにあるか、人に渡していないだろうか、知るために書斎に入っただけとソフィヤはマコヴィツキイに言った。しかし、最後に彼女は自分の行動について「度が過ぎた」とつけ加えた。

『戦争と平和』が完成した一八六九年、身も心も執筆に占領されその他の事は心底の牢につながれ心の地上へ出ることはなかった。この年の九月、四一歳のトルストイに起ったことは『狂人日記』に記録されている。この小さな作品は間をとりつつ約二十年かかって書きつがれ、生前には公刊されなかった。「私」は下男をつれ馬車でペンザ県へ急行した。掘り出し物の物件を誰かに先取りされないように、夜が来ても宿に泊まらず、馬車を乗りついで急いだ。なにしろ、付属の森林からの収益が土地代を差し引き零にしてくれるような得な買物だから売り手は馬鹿である。「私」はまさにこの種の馬鹿をさがしていた。馬鹿のところへの道中、突然恐怖におそわれた。「何のために行くのだ」という問いが不意にきこえ、そんな遠いところへ行く必要は全くないと心が答える。しかも、奇妙で不自然なことに「私はそこで死んでしまう」という思いにとりつかれた。そこは追い求めている物の所在地であるのに、喜びと満足の代わりに死がひそんでいる。物が死をはらんでいる。

この思いは長くつきあうことになる死神との出会いの先ぶれである。これ以後、死神は長いあいだ、間をおきつつ姿をあらわし、消えている時は不在ではなく、意識のおよばない心底の最深部に身をひそめている。

ペンザへ急行する気持は消え去りアルザマースという町に宿をとった。宿で「私は何を恐れているのだ」と自問すると、死神が声もなく答える――「私はここだよ」。「私」は精神的な吐き気におそわれて、宿を出る。それでもなお物欲を捨てることができず、目的地に行ったが、資金不足で買えなかった。

物欲のとりこになっている時に死神が近づいてきた。物は人を死へと招く。物と死――この関係がトルストイの後半生の中心問題の一つになる。それは自分自身を重ねながら『主人と下男』(一八九五年)で図解される。

主人は、売りに出されている小さな林を買いに行く。大変得な買物なので、他人に先を越されないために、極寒の中を、しかも夜にもかかわらず、休みもしないで目的地に向う。彼の人生の目的と意義は金儲けであった。

道にまよい、先に進めなくなる。ロシヤの冬の寒さはしばしば凶器になる。極寒の闇の中で命をおびやかされる主人は、御者である下男のニキータには財産が無いから、命はおしくないだろうと思う。主人は財産家で命がおしくてしようがない。物は死の恐怖を生みだす。

ニキータは凍えていく。主人のように立派な外套を重ね着してはいない。低体温は死への入口である。主人はニキータを温めてやろうという気になって、下男の上におおいかぶさって外套と体温とで温める。すると、金儲け一すじで生きてきたこの男は、今まで全く経験したことのない喜びを感じる。喜びとは死が主人の物欲を消していく過程である。今まで経験したことがないのは、物欲に切れ目がなかったからである。物欲の消滅で心が解放され、その解放地で貧しい身なりのニキータがあたたかくなるなら自分の命がおびやかされても怖くない。この喜びが今までとりつかれていた死の恐怖を消していく。主人は凍えている。これは死だ、と分かったが、悲しくない。なぜなら「彼の命は自分自身の中ではなくニキータにある」という思いがめばえ、物欲が消え始め、我が命が他者の運命と一体化していくと、物が沢山あるから死にたくないという命消滅の恐怖は消滅する。

主人は、ニキータのいびきを聞いて、「ニキータは生きている、つまり、私もまた生きている」という次元へ移った。主人は凍死し、ニキータはそれから二〇年生きた。

主人は、下男と一にあらず二にあらずの関係になることによって、金《かね》、店、家、売買が消えていく。トルストイ自身にとってはこの作品の執筆は、自分を死で組みふせた物との関係を確認する行為であった。

トルストイの死後百年もたたないうちに、物を買えと言いつづける甘言機器テレビは家族の一員となり、買物袋へ誘導していく物売りがパソコンとその仲間の腹の中にぎっしり集っている。地球の陸にも海にも迷惑がかかるほど物は大量に作られ、命の支柱である空気の質も温度も変わり、地球は病んで発熱し、極地にある天然の冷却装置にひびが入り、この装置がいつの日にか廃品になる危険性をはらんでいるのに、熱は下がらず、四季は乱れ、夏が春と秋を食べている。熱が下がらなければ、四季は夏と冬の二季になり、地球の病状はすすんでいく。利潤追求が地球を滅ぼし始めた。二一世紀人はそのような時代に人類史上最大量の破滅的消費を誇っている。

トルストイは、人は必ず死ぬ従って自分も死ぬという恐怖にとらわれた時期に、死神は物欲の中にひそんでいることに気づいた。死と物との関係を理解し、物と、物を持つ階層から自分を解放していくと死の恐怖が弱くなり、最後には物が送りこんだ死神は消えた。

物を代表するのは土地であった。

百姓のパホームは、土地が広く安いと教わったバシキーリヤへ出かけた。バシキーリヤ人たちに贈物をし、お礼に何がいいかときかれると、待ってましたとばかりに土地でございますと答える。村長は、気に入った土地をやる、という。値段は？　一日につき千ルーブリ。一日に歩いた広さがお前のものになる。パホームは夜明けとともに喜びいさんで歩き始めた。出発点に目印として帽子をおき、日が沈むまでにここへ帰ってくるのがきまりである。パホームは疲れても歩きつづけ、倒れそうになっても休まず、もう駄目だという気がした時に出発点が見えてきた。彼は最後の力を出しきってしまい、前方へ倒れたが両手で帽子はつかんでいた。村長がほめてくれた。「でかした！　沢山の土地を自分のものにされましたぞ」

土地のために命を使いきったにわか地主の口から血が流れ、パホームは死体になった。下男がそこに墓を掘った。墓は足から頭まですっぽりと入って、三アルシン（二一三センチ）あった。自分の全存在と引きかえに手にいれたのは、棺のための用地、死と等身大の土地である。三アルシンの私有地は、パホームの代わりに死体が受け取った。悪魔が村長に化けていた。他の作品でも、買え、手に入れろ、とそそのかす役は悪魔が演じる。土地の買いあさりから目が覚めたトルストイにとって物欲は魔である。

これは『人には沢山の土地が必要だろうか』というお話で、家出の二四年前一八八六年二—三月に書かれた。トルストイ五七歳の作品である。

物欲の魔が手にした墓の用地は、物と死、この関係の図解である。この絵には、土地私有制廃止を訴える政治論文から『イヴァンの馬鹿』を通って家出まで描かれることになる。家出はこの問題を政治的な次元でも、個人の生き方の次元でも解決しないから絵はいまだに未完である。

自分の持物から解放されたトルストイは、今、三アルシンの地所ではなく自分の所有地ですらない他人の家に横たわっている。寝床はパホームが寝ている三アルシンの土地と同じ狭さである。物から、したがって、死神から無縁になった今、本物の死が至近距離まで近づいている。何を捨てても今度の死神は無反応で、ひたすら近づくばかりである。夜、いつもと同じようにゴキブリがでる、ねずみがさわがしい。マコヴィツキイは、トルストイのシャツから南京虫を取る。

十一月三日

昨日の昼、高熱（三九・六度）で苦しんだあげく、深夜まで良く寝れず、たえずうわ言を言い、せきをし、赤錆色の痰がでて、うめき、胸やけに苦しんだ。深夜十二時すぎてやっと安らかな眠りについた。

二日間食べていない。衰弱しているが、体力はある。トルストイは病名をたずねた。両肺下部の炎症とマコヴィツキイが答えるとトルストイは黙ってしまった。診断書には、左肺の下部の炎症となっている。

古代メキシコ王の遺書に書かれている。「地球全体が大きな墓にすぎない、地下の墓に身を隠してしまわないようなものは地表には一つもない。大河、川、流れは目的地へ向い、自分の幸せな源へは帰ってこない。皆が無限の大洋の深みへ自分を葬るために前へ急ぐ」（トルストイ編著『人生の道』）

家出もまたトルストイ流に「自分を葬るために前へ急ぐ」行為である。トルストイは、死の密着と仕事は両立することを証明するだろう。老年になると死への道が心の中を通る。トルストイは、この旅路を、仕事の入った袋をかついで行く。死は肺炎という足がかりを見つけて待機している。三千五百年前の聡明な王様はつづける。「暗がりは太陽の揺りかご」

この闇の中で太陽が成長するまで老人は生きない。仕事をする高齢者は、人工の明りの下で働く。太陽の光は一種類、人工の明りは生き方の数だけある。トルストイの生き方が手もとを照らしている。

トルストイは日記を書きたいと言い、枕を直してくれと頼んだ。マコヴィツキイは前夜とどけられた枕をあてがい、ヤースナヤ・ポリャーナからで、あなたの枕です、と言うと、トルストイは枕を脇へのけた。このささいな事が家出人トルストイの心の中を表わしている。自分がやっと捨てた物とはよりをもどしたくない。まるでその枕を使えば元へもどるかのようである。それほど強く旧生活との絶縁を願っている。

医師ニキーチンがやって来る。この旧知の親しい医師に向ってトルストイは、医学による治療は無益だ、看護だけすればいい、医学ほど自分が知らないことにたずさわる職業は他にないと持論をぶつけた。面と向って本人に自分の思っていることを言うのがトルストイの流儀である。普通の医師なら怒って帰るところだが、トルストイなら許されるのだろう。

トルストイ家は、誰かが病気になると、マコヴィツキイがいるにもかかわらず、外部から医師を呼んだ。家出の二四日前、十月四日、極めて体調の悪いトルストイは、往診に来た医師に言った。
「私は医学を信じない。あなたの立場は欺瞞的である。あなたは、治療しているふりをしていますが、私には治療は不要です。全ては自然の掟どおりです。あなたは、死なないように手をうとうとしていますが、私は死を恐れていません。あなたが病気だと見なしているものは、毒からの（病気からの）解放です。自然は適時に、ゆっくりと作用しますが、あなたは、先走って干渉しています」この医学否定論を医師マコヴィツキイが筆記する。

体が自然治癒力を発揮している状態を医者は病気だとみなして、それを邪魔する。これが治療なので、自分には無用であり、体を自然のなりゆきにまかせておく。これがトルストイの〝医者嫌い〟の理由である。自然に従うから、ただ世話、介護だけあればいいと考えていた。医師は必要ない。

医師マコヴィツキイは、トルストイの心拍、熱を測るが、彼は主として秘書、身辺の世話係、話し相手であった。トルストイを心から敬愛し、その思想的同志であったマコヴィツキイは、晩年のトルストイには無くてはならない友である。外部から医師を呼ぶのは、マコヴィツキイの医師としての面目丸つぶれだが、善意善良さの化身であるマコヴィツキイは外部の医師の往診をそよ風のように受け入れた。

最近の長寿研究が証明する長生きの条件は、勤勉さ、真面目さ、努力しつづけること、目標をもっていることである。目的、目標を達成するために絶えず勤勉に働きつづけることであり、自分を縛る目標を設定せず、楽天的でのんびり、ゆったり時をすごす者は、長生きしそうだが、勤勉な努力家よりも短命である。

トルストイの同時代でも経済的に保障されすぎて、ただ毎日を広い意味で遊んでくらす貴族や地主たちは、ストレスが無いのに長生きしない。

イヴァン・ゴンチャローフ（一八一二―一八九一）の『オブローモフ』（一八五九年）は、「安らぎと無為」を理想的な生存条件だと思い、安楽椅子、寝椅子、寝床が命の所在地であるような地主で、勤勉さ、努力、目標目的はどこか、異星の話である。オブローモフはロシヤの地主の代表であり、トルストイの対極である。

何もしない、働かないオブローモフは、農奴の労働の成果を食べるだけの寄生虫である。無為の典型オブローモフ型は原則として短命である。命に必要な刺激が心にも肉体にも作用しないからだろう。そのような生活では命がなまけてしまう。

一九〇九年七月二九日、八〇歳のトルストイは、自分が何度も見とどけた事実について語った。

「貧弱な精神生活を送っている者は早死にする」

命が萎縮したまま、ただ時だけが勤勉に走っていくからである。高齢者トルストイが体は弱っても仕事ができるのは、他に沢山の肉体的条件があるとはいえ、まれにみる豊かな精神生活の賜物である。現に今、八二歳で旅に病んでも仕事から引退していない。

両親の死後、財産分けでヤースナヤ・ポリャーナと付属する村をそっくり受け取り、農奴三三〇家族を所有する地主となった二〇歳代のトルストイは、「自由のあり過ぎる」自主独立の生活のおかげで、女色と賭博にのめりこみ、性病にかかり、治療に使った水銀のたたりで後遺症に苦しんだ。梅毒

トルストイは酒、女、博打、煙草を楽しんだ自分を
半生かけて別の者に入れ替えた。
まだ煙草を吸っている59歳のトルストイ。
ヤースナヤ・ポリャーナ、1887年

を有害な水銀で治そうとあせるありふれた道楽者が、八二歳の老人への出発点であった。彼が他の道楽者とちがうのは、一段落すると身をさいなむ後悔、自責におそわれることである。だからトルストイは、自分の入れ替えを半世紀かけて行い、家出は、その一応の完結を記念する行事になった。今、横たわっている老人は、入れ替えの産物である。

「文学界にトルストイが居るかぎり、文学者であるということは楽で気持のいいものです。何も仕事をしなかったし今もしていないと感じてもあまり恐ろしくはありません。なぜならトルストイが皆の代わりにやってくれるからです」

（チェーホフ、ミハイル・メンシコフへの手紙、一九〇〇年一月二八日）

トルストイが小説、戯曲、評論、日記、手紙を大量に書き、皇帝をいさめ、テロリストを批判し、教会を叱り、合法的な死刑をふくむあらゆる暴力について抗議し、一人の人間の活動とは思えない超人的な労働を日々行っており、ロシヤ文学は何をしているんだ、なぜ沈黙しているのだという非難があびせられることはないので、他のロシヤ文学者たちは、ゆっくりとかまえることができる。トルストイは、したがって、誰よりも休息する資格がある。しかし、死ぬ前ぐらいはゆっくりしよう、などと考えもしないし望まない老人である。

チェルトコーフが手紙を読んできかせる。トルストイは返事を口述し、疲れる。横たわったまま日記を書く。

ソフィヤが昇降口へあらわれる。セルゲエンコは彼女の前で戸を閉めた。ソフィヤは腹を立てたが、彼女をトルストイに会わせないことが世話をしている者全員の考えであり、任務であった。息子たちすら母親を入れてはいけないと思っていた。

ソフィヤは、もしトルストイがヤースナヤ・ポリャーナにもどってくるなら自分は他のところに住み、時おりヤースナヤ・ポリャーナを訪れるつもりだと言う。ソフィヤはかつて財産の行方が心配なあまり、夫にむかって「獣、人殺し」とののしった。この状態で『自分一人のための日記』を見つけた。「私に対して不当なもの、残酷なもの、都合よく歪めたもの、作り話」が日記の中になんと多いことかとあきれるが、いまわしい日記を焼きすてることができない。それどころか彼女は、「夫の悲しい日記を心に痛みを感じつつ清書した」。

ソフィヤは、トルストイの全著作の世話人であり管理人である。自分にとって不利で不都合なものであろうと捨てる権利はない。チェルトコーフは、自分にソフィヤのような女房がいたらアメリカへ逃げるか自殺すると、ソフィヤあての手紙に書いたことがある。しかし夫の秘密の日記の清書は、「獣」「悪魔」に対する関係の本質を表わしている。何であろうとトルストイの書いたものを人類のために保存することがソフィヤの神聖な義務であった。

横たわっているトルストイは、頭の中で文章を書いている。書くことが習性になっているので、体が死滅するまで、書きたい、書かなければ、から解放されない。

自分についての記事はとばして、新聞を読んでくれ、と言い、興味のある記事は切り抜いて日記にはさんでほしいと頼んだ。これから先の仕事の材料である。これもまた長い長い間の習慣である。マコヴィツキイはこの種の資料の整理もやってきた。トルストイの一切合財係である。マコヴィツキイの存在はトルストイの晩年に贈られた宝物である。

マコヴィツキイは、ロシヤ人でなく外国人、スロヴァキア人で、ヨーロッパの一流大学、プラハ（チェコ）のカレル大学医学部で学んだ。トルストイの思想に感銘し、一八九四年九月ヤースナヤ・ポリャーナに一週間滞在した。トルストイは、ロシヤ語が上手いとほめてくれた。第一印象――「なんて気さくな、物静かな、感じのいい人だろう。なんと年寄りで弱っていることか！」この時トルストイはまだ六六歳である。トルストイのマコヴィツキイからの第一印象は「汚れのない、おだやかな、宗教心のある」人。

何回かヤースナヤ・ポリャーナを訪問した後、ソフィヤは、彼に医師としてヤースナヤ・ポリャーナに留まってほしいと頼んだ。ソフィヤにも気に入ったのである。ニキーチン医師の後任としてマコヴィツキイは、一九〇四年十二月から医師、秘書、同志、自発的記録係として七六歳のトルストイの側近中の側近になる。彼はすでに母国でトルストイの作品、論文を翻訳していた。トルストイの思想的同志である。ぜいたくを排し、単純素朴に生きるマコヴィツキイは、この点でもヤースナヤ・ポリャーナに住みつく前にすでにトルストイと共通点をもっていた。

トルストイの死後、マコヴィツキイは、ロシヤの農婦と結婚し、一九二〇年ロシヤを去り、同年十一月二一日故郷へ帰りついた。ヤースナヤ・ポリャーナでは皆から愛され、必要とされ、特にトルストイとは尊敬、友情で結ばれ、おたがいに無くてはならないつながりであった。ところが故郷は全く別の世界である。診察に全力をささげる気持はなくなり、翻訳――おそらくトルストイの――をしたかった。しかし生活のためには医者を止めることもできない。落ちつかない。トルストイの身近での充実した生活は今では夢のようである。疲れきり、ほとんど寝ずにトルストイの検診、介護をした駅長宅での最後の一〇日間は、トルストイの死の接近にもかかわらず、彼の人生における星の時間であった。あの献身、緊張、疲労の源はここには存在しない。しかも老いがしのびよってくるのに、生きる基盤が見つからない。病身である。体は弱っていく。マコヴィツキイは、一九二一年三月一二日、五五歳で自殺した。ヤースナヤ・ポリャーナの生活が続いていれば、この悲劇はなかっただろう。キリスト教では自殺は大罪である。純正のキリスト者ドゥシャン・マコヴィツキイは、人生の芯を抜き取られて、掟を破った。

午前六時、体温三七・二、呼吸数三六、心拍九〇。

マコヴィツキイの観察では、トルストイは生きぬく意志を持っており、死の恐怖が無い。今日までは、回復して、さらに遠くへ行くのだと考えていた。

心臓がもたないからソフィヤとは会えないと言う。来ないように電報してくれと頼む。彼女がすでに来ていることを知らされていない。ソフィヤも事情は理解しているようで、会いたいと強く言わないが、ただちょっとのぞくだけで何も話しかけないから、と希望をのべたが、皆が引きとめた。

駅長オゾーリン一家は、トルストイに家を完全に明け渡すために他所へ移った。

新聞記者たちがソフィヤの居る車輛に入った。彼女は興奮して、トルストイが自己宣伝のために家出したと言った。記者たちはまともな人間なので、記事にするのをひかえた、とマコヴィツキイは書いているが、一連の新聞が当然のことながらこれを報道した。

ミケランジェロの弟子であったルネサンスの画家ジョルジョ・ヴァザーリ（一五一一―一五七四）は、ミケランジェロの死生観を記録している。

「一人の友人が死のことを語り、ミケランジェロが慰めも持たずずっと芸術作品にのみ専心してきたので、死が彼を苦しめるにちがいないと言うと、彼はまったくそんなことはないと答えた。なぜなら、もし生がわれわれにとって好ましいのなら、死も同じ作者の手になるものではないか、死がわれわれに不愉快なはずがないと答えたのである」

（ジョルジョ・ヴァザーリ『ルネサンス画人伝』田中英道・森雅彦訳）

質問も答えも奇妙である。八九年間の生涯、ミケランジェロは独り身で、トルストイと対極的な日常生活を送った。家庭の幸福も家族による仕事の邪魔も知らないで、芸術に命を使いつくした人間に苦しい死が待っているという予想には根拠がない。すばらしい結婚生活が天然自然の安楽死を約束するとは決して言えない。生が良ければ死もまた良いというミケランジェロの反論は、作者（造物主）が生を創りっぱなしで後はかまってくれないという生存の掟を無視している。死が仕事の終りとして起るなら、それは至福である。しかし予想しない病気や災害や事故がまず仕事を終らせ、その後で、空っぽになった生を終らせることもあれば、二つとも同時に悲惨な形で終ることもある。どのような願いを書こうが死は常に白紙である。死は出たとこ勝負である。したがって死は人生最後の冒険である。

十一月四日

病人は落ちつかない。じっと眠っていられない。寝返りをうち、立ち上がり、毛布をはぎ、うなる。

睡眠は散発的。ほとんど食べない。カンフル注射、うわごと。午前九時、体温三八・一、心拍一四〇。午後六時三〇分、体温三八・四、心拍一一〇。

ひょっとしたら死に劣る生が始まっている。まもなく死がこれにけりをつける。この状態でもトルストイが自ら医学の手をかりたいと言うことは断じてない。高齢者にとってコロリと死ぬのは恐くないが、コロリと転倒するのは恐怖である。死よりも肉体的不完全を恐れるのは老化現象である。苦しみなしに夜一人で死んでいた、という近所の事件については私もあやかりたいと言うが、寝たっきりになったと聞くとまるでそれが自分の近未来であるかのようにいやな気分になる。死に劣る生がある。情報が齢とともに蓄積され、死との関係が変わっていく。これは死の意識の成長であり、これを邪魔するのは自然へ横槍を入れる余計なおせっかいである。血圧は絶えず変わる。体が必要に応じて上げ下げの操作をする。年とって動脈硬化で血の通路が狭くなれば、無理にでも道の奥まで血を送るために運送能力である血圧を上げる。これを医学的産業的に決定された固定値＝正常値へ強制的に一致させるのは、命の血圧政策への理不尽な介入である。トルストイの医学無用説は、命の自治の尊重である。

ソフィヤは心配で家のまわりを歩く。入れてもらえない。医師にトルストイの状態をたずねる。ソフィヤがトルストイの名を大声で呼ぶのではないかとマコヴィツキイは気が気でない。ソフィヤが来ていることはトルストイには知られてはならない。妻の出現は病身の家出人には大きな衝撃になる。

医師も増員され、報道関係者の数は異常に多い、電信電報の通信員は不眠不休である。さらに多くの者がおしよせるだろうと言われている。宗務院、警察のスパイがいる。建物の中へ新聞記者、電報配達人、ソフィヤ以外のトルストイ家の者などが出入りする。病室も昼夜休まず医師や娘たちやフェオクリートヴァなどがつめかけている。と切れたり、もうろうとしたりする意識下で、病人は「邪魔しないでくれ」と言う。人の気配やざわめきが苦痛なのである。ロシヤの中心はアスターポヴォに移ったと言われている状況は病人の神経に悪い。

ペテルブルク府主教アントーニイから、トルストイがギリシャ正教会へ帰るよう呼びかける電報がきた。アントーニイは、ペテルブルク兼ラドガの府主教であるだけでなく、宗務院の最高幹部である。ソフィヤは、かつてアントーニイから手紙で、トルストイを教会と仲直りさせてくれ、と頼まれている。これをトルストイに伝えると、「仲直りはあり得ない」という答えがかえってきた。

無神論者でも死が近づくと、恐怖と不安からキリスト教へ入信する例が少なからずある。この高僧は、死につけこんでトルストイが動揺し、「教会のふところ」へ帰るだろうと期待している。死につつあるトルストイからギリシャ正教会へ復帰するという一言を聞き取って、世間に教会の勝利を知らせることが目下の宗務院の政治的課題である。彼らはうわ言の中でも自分の信条を口にしているトルストイを全く知らない。

ヤースナヤ・ポリャーナの近くの教区をあずかる神父は、トルストイ家の動向をさぐり、このスパイは宗務院に報告書を送っていた。しかし、神父の報告は、ずさんで不正確で、教会に対して夫とは全くちがう立場にあるソフィヤすら神父のスパイ活動に怒っていた。

政府と教会は、多くの人が信じているように「何か偉大な、神聖なもの」ではなく、そこにあるのは「支配とみせかけて自分の個人的目的のために国家と教会を利用する悪人の欺瞞である」（トルス

トイ『人生の道』）。「これを理解するやいなや人びとはこの連中に嫌悪感をいだかないわけにはいかない」（同）

「馬を！　馬を！　馬一頭で我が王国をやるぞ！」（シェイクスピア『リチャード三世』）

一六世紀のイギリス、エドワード四世の弟、グロスター公リチャードは、王位を手に入れるためにいかなるためらいもなく右に左に殺しまくり、王冠を手に入れたが、彼に恨みをもつ諸勢力が結集して攻めてきたので、リチャードは戦場で必死に戦い、馬を失った。馬をなくせば命をなくす。今、何よりも馬が必要である。やっと手に入れた王国を馬一頭と交換するという叫びは、権力者にとって国の運命よりも自分の都合の方が、国全体より自分という一つの命の方が、絶対的に必要であり大切であることの証しである。

権力者は、大であれ小であれ、国の利益より自分の利益を大切にするとトルストイはくりかえし書いた。この事情の極みをシェイクスピアは馬一頭と王国丸っぽとの交換で見事に表わした。

帝政ロシヤは手綱をとっていた民衆に愛想をつかされ、馬上の権力は不安定である。馬を失う戦争の前夜である。わずか四年たっただけで、第一次大戦が始まり、ロシヤ皇帝はリチャード三世のように馬を失うことになる。権力者に馬を与えるようなことがあってはならない。だから晩年のトルストイはひときわ忙しい。

今、俗権、教権のハイエナたちはすでに死を嗅ぎとって駅長宅のまわりにたむろしている。死につつあるトルストイは、絶好の獲物である。

7 「人にかくすほどの物をばもつべからざるなり」

十一月五日

トルストイにとっては革命家も政府・国家権力も共に悪である。社会主義者たちは、自分たちが空想した未来の理想社会とやらのために、テロを行っている。しかし彼らの暴力は、権力が行っている暴力に比べると子供じみたものである。しかもトルストイは、国家権力憎しから革命家に同調ではないが同感している場合がある。

孟子は、仁と義にそむく君主は真の君主でなく賊にすぎないから、殺してもいいという意見の持主である。しかし王位をねらう臣下の権力者や民間のテロリストにとって、仁も義も殺人の歯止めにはならない。私利私欲の殺人であっても高尚な理由はいくらでも作り出せる。二千四百年前の人間であり、常に戦に備えていなければならない諸侯を相手にしていた孟子には、命の絶対性という観点はなかったのだろう。

トルストイは、権力廃絶論者でありながら権力者殺害を許さない。「殺すなかれ」という掟を「誰も殺すなかれ」と増補したのはそのためである。暗殺に関する反孟子的立場はゆるがないのに、悪辣な弾圧者がテロリストのおかげで消え去った時には、やれやれという気持を味わったふしがある。

二〇世紀初頭のロシヤではエス・エル（社会主義者・革命家党）を中心にした権力者へのテロがつづいた。たとえば一九〇一年二月一四日、文相ニコライ・ボゴレーポフ暗殺未遂。一九〇二年四月二日、内相ドミトリイ・シピャーギン暗殺。一九〇四年六月三日、フィンランド総督ニコライ・ボブソコフ暗殺。一九〇四年七月一五日、内相ヴェチェスラフ・プレーヴェ暗殺。彼は激しくなった革命運動から労働者のストライキ、農民の反抗まで厳しく弾圧した。これは内相の仕事であり、義務なので歴代の内相がテロリストの標的になる。一九〇五年二月四日、モスクワ総督セルゲイ・アレクサンドロヴィチ大公暗殺。一九〇六年八月一二日、ピョートル・ストルィピン首相兼内相暗殺未遂。ストルィピンの別荘で爆発。二七人死亡。ストルィピンは無傷だったが、娘は両足を失った。

被害者たちは、トルストイにとって、自分の利益のために権力をふるっている悪人だが、彼らに爆弾を投げ馬車ごと吹き飛ばすテロリストたちもまた悪人である。社会主義者たちは土地の私有制廃止をかかげるので、トルストイの同志のようだが、「悪い手段」で目的を達しようとするので厳しい批判の対象である。ニコライ二世に土地の所有権廃止を進言した手紙（一九〇二年一月一六日）で、トルストイは、皇帝が社会主義者に先手を打って土地の全国民による所有を実現したら、今のロシヤの「社会主義的、革命的いらだち」はおさまると書いている。

テロ行為は、体制のいかなる改善ももたらさず、激しい弾圧の口実を与えるだけで目的に奉仕しないから、実質的には殺人のための殺人である。テロリストは独り善がりの自分の行為に陶酔しているので、このような単純なことも理解しようとはしない。獣は食べるという正当な目的のために動物を殺すが、殺すことだけを目的にしてライオンがカモシカにおそいかかることはない。満腹しているライオンの前に餌が何匹いようが、殺害のための殺害に興味のないライオンは何もしない。ライオンはテロリストより高貴である。

テロリストも、テロリストの敵である権力者も、トルストイにとって、批判の手をゆるめることのできない「悪人」であった。

しかし、全く別種の悪人である。「盗賊団」である政府が行う悪政および国家テロと、その実行責任者を消してしまう行為とは、地上から権力が無くなることを夢みるトルストイにとって明確に区別すべき悪である。これは一九〇五年の革命あるいは大騒乱、民衆の反逆から一九一〇年の家出までの高齢期にもはっきりと表われている。

トルストイの場合、死がせまってくればくるほど命は重みと光度を増す。これには、しかし、条件がつくはずである。命の存在形態は動であり、齢と共に命が煮つまるのなら、動が質的に高度になるのは自然である。老年における命の価値の増大は、命の質的活性化を要求する。トルストイは、その要求に応える能力と意志を十二分に持っていた。

一九〇六年は、日露戦争敗戦の翌年であり、民衆の反政府、反地主、反工場主の運動が激化し、帝政がゆさぶられ、弾圧がさらに強化された激動の年である。トルストイの文筆による政治活動は、それに応えるかのように活発になる。政論だけでなく創作も同時的に進行する。

テロリズム否定は不動だが、反権力、反体制に生きる革命家の生き方と人格に強い親近感をいだくようになる。

トルストイは「万人に属する物を取る者は盗る者である」とみなし、地主全員、資本家全員、工場主、官僚も盗人だと断罪する。したがって、帝政ロシヤは盗人の集団によって支配されている。この強力な集団に立ちむかっていくのが革命家である。方法も武器もトルストイとは全く異なるが、ともかく共通の敵に対する闘いに我が身を捧げようとする者に高齢のトルストイは強い関心をもつようになる。革命家には処刑の危険があり、死との距離が一挙にちぢまってしまうという命が張りつめた生き方をしている。命との距離はしばしば高齢者と同じになる。

ムンチヤーノフのように「皆殺し」を主張するテロリスト、革命後は国家テロの実行者になるはずの殺人者たちではなく、真の革命家の人生は、静かに、おだやかに、のんびり、ゆったりの老人よりもトルストイに近い。ひょっとしたら同類かもしれない。財産放棄も家出も家庭における革命家の行動である。トルストイの激変力は革命力である。トルストイは革命家と対極にあるように思われているが、人生の条件しだいでは革命家になっていただろう。

トルストイはフランス革命の基本的思想には賛成している。ただあのすさまじい暴力は認めない。血の流れない、帝王も独裁者も殺さないユートピア的な革命が可能なら、トルストイは大革命家になっていた。

手に爆弾を持っているが、その心の歴史がトルストイ自身の経験と重なる革命家がいる。ムンチヤーノフのような最下層の者もいれば、親ゆずりの財産をもち高等教育を受け、民衆の、自分が所有する村の小作人たちの、惨状を改善しようと彼らを政治的に目覚めさせるために財産を投げだして学校をつくる者たちもまたいる。若い地主は現状からの脱却を説くが、百姓たちは無関心で暮らしの改善も進歩も信じない。「白い手」の旦那の口から出る言葉は百姓たちの心の前で空転する。

これは一般的な現象で、ツルゲーネフもチェーホフもこの問題にとりくんだ。トルストイにとっては自伝的問題であった。

ペテルブルクでアレクサンドル二世が暗殺される二年五カ月前、一八七九年八月にオデスサでアレクサンドル二世暗殺計画の罪でドミトリイ・リゾグープと仲間二人が絞首刑になった。この実在のテロリスト・革命家をアナトーリイ・スヴェトログープとして『神的なものと人間的なもの』に登場させた。この短篇は、一九〇三年から一九〇五年にかけて書かれたので、トルストイ七五歳から七七歳の思想、信条の産物である。

スヴェトログープは、自分の特権的な生存条件を百姓たちに対して恥ずかしいと思っている。この罪悪感を消すために、財産のほとんどを差し出し、自分の持ち村に学校、養老院などを建て、小作人たちを政治的に目覚めさせる教育を始め、講義し、非合法の印刷物を出版した。しかし民衆は無関心であるだけでなく、彼に軽蔑的な眼ざしをむけた。若旦那の一方的で不可解な善意とそれをはねかえす農民のうたぐり深いずるい眼ざし、この場面は後進性の産物であるロシヤ文学の十八番《おはこ》である。スヴェトログープもなにか見当ちがいのことをしていると痛感していたので、テロリスト的革命家に会うと、その活動に共鳴し、参加する。仲間の一人がダイナマイトをあずかってくれと言うので承諾したら次の日に家宅捜索をうけ、逮捕された。

民衆のための受難を願っていたので、罪人になったことに喜びを感じる。しかし獄中生活が長びくと普通の生活へのあこがれが強くなり、苦しくなるが、ある日県知事夫人から福音書の差入れがあった。他にすることがないのでこれを読んでいくと、夢中になり、皆が福音書のとおりに生きれば、革命なんか要らない、と思う。

彼は、政府転覆を企てたとして絞首刑を宣告される。刑の執行直前、神父が「慈悲深き神よ」と始めると、身ぶるいして後ずさりした。死刑に加担しながら慈悲を口にしている男から解放されたかった。彼は、必要ありませんと強く中止を求めたので、神父は去っていった。殺人という犯罪に加担している教会へのトルストイ的嫌悪が神父を死刑台から追い払った。犯罪者スヴェトログープの死体は「浄められていない墓場へ運ばれた」。

スヴェトログープは、トルストイ式の民衆奉仕ではらちがあかないと絶望していた時にテロ行為という効きめがありそうな政治活動に入った。しかし何もしないうちに死刑囚になった。トルストイは、論説で激しく批判しているテロリスト的革命家の心の、生き方の、内部へ入って、一例としてのスヴェトログープが、いかに高潔な人間であるかを示した。民衆へのひけめから解放されないトルストイによるテロリスト批判の根柢に、彼らの自己犠牲的民衆奉仕への共感、評価があり、この作品でそれがはっきり示された。

トルストイは、スヴェトログープに代表される革命家あるいは革命家もどきを内的に理解できる経歴の持主である。彼らの内部を想像する能力があり、彼らに対する批判の中に自分の経験にもとづく理解がある。権力によるテロへの批判とこの点で大きくちがう。もし被抑圧者、被害者によるテロを、国家権力による抑圧と加害への抗議という理解なしに非難すれば、権力による批判と口を合わせることになる。現代世界の潰瘍地帯の一つパレスチナ出身の若者がヨーロッパでユダヤ人を攻撃し、それに憤慨するなら、パレスチナにおけるイスラエルの行為を知る義務が同時的に生じる。国家テロを考慮できない、茶の間の気楽な憤慨者たちは、テロリストに爆弾を投げさせた勢力の側へ無自覚的に合流している。しかし正しいテロ、悪いテロと殺害行為を、両極化することはできない。殺害は無条件に悪である、というトルストイの基本的立場は、テロリストの審判には不可欠である。やぶれかぶれでテロ行為しか選べなかった弱者である被抑圧者の立場も殺害によって大きく減点する必要がある。テロという悪い手段、無関係な者も殺してしまう危険な方法で抑圧者と戦わざるをえないという意識、悪の自覚がなければ〝正義のテロ〟はやがて一方的な悪になり、悪は自立するだろう。

第三者には、テロをまねく抑圧への批判と、抑圧者への殺害行為に対する批判とを一体化させる義務がある。トルストイは両者への激しい批判者であった。だからこそ批判者トルストイは二一世紀に歓迎されるはずである。

理解の余地がないテロ行為もあり、それは二一世紀になって異常増殖している。加害者への爆弾——これも無意味であることはロシヤ・テロリズムが歴史的に証明ずみ——でなく、地下鉄爆破のような無関係な大衆への無差別テロは、町中にトラックを走らせ手あたりしだいに市民を荷台へ投げこみ、一五〇人になったら処刑場へ走っていった、あのナチスの人間ばなれした屠殺と同罪である。

八一歳のトルストイは、本人によれば、無政府主義で生きているのではない。そうではなくて暴力を許さず暴力をふるうことを許さない永遠の掟の実行によってである。この結果、日本人あるいはドイツ人の支配下での奴隷状態におちいるかもしれない。暴力、戦力否定論者はここで行きづまる。これは私には分からないし知りたくもない、と。これは問題の凍結である。武力、戦力の行使か、侵略者の支配を受けいれるか、暴力否定者トルストイは、この問題で手を離している。軍隊なみに武装したテロリストの群れに素手で立ちむかうのが正しいのか。それでテロを中止させることができるのか。二一世紀でも武力・戦力否定者は立ちどまったままである。

『老子』三一章に、武器は不吉な物だから、君子は使ってはならない。やむをえず使うはめになったら、あっさりさらりと使うのが一番いい、と書かれている。トルストイは英独仏訳の『老子』を、小西増太郎は原文を手にして二人でロシヤ語訳をつくるさいに、武力否定の原則に例外をもうけているのは老子の言葉でなく後世の書きこみだとトルストイは主張し、そのようなものをロシヤ語訳に採用することに反対した。老子の思想的立場から部分的であれ武器の使用を認めることはありえないと考えたからである。「やむをえず」は聖書に見つけた「汚物」の類いである。

例外なしの武力否定はトルストイの立場である。老子とトルストイはこの点で基本的に一致するが、老子が、この原則に立ちながら同時に万一やむをえない場合には使わざるをえないと妥協する現実主義者でもあったのか。この点はトルストイのように断言するのははばかられる。武器を否定する絶対的平和主義で平和を保てるか、敵の来襲、テロリストの攻撃から市民の命を守れるか。軍隊をもたないから敵の軍隊がせめてこないという民話的平和主義はイヴァンの馬鹿の国だけに可能なのか。

ロシヤは大平原である。昔、異民族の大群が馬に乗って地平線に現われるや、さえぎる山も谷もない平らな大地を侵入者は全速力で近づいてくる。そのような連中を武器なしで待ちうけることが、命を守る最上の方法と言えるのか。そのさい武器は不吉だから手にするなと常々仲間に説いてきた者の責任はどうなるか。地平に現われた異民族の大群を前に、皆殺しを覚悟して立ちすくんでいたら突然足もとの大地が沈みだし、ロシヤの民衆は安全な地底の国、湖底に住むことになったという伝説は、無抵抗では助かることがあり得ないからこそ生れたのである。湖の底にできた町は、外敵による皆殺し、テロのないユートピア、地上とは対極の場であり、地上が殺害の絶えない修羅場であることを反対証明している。武器、武力の使用は否定し、万万一の場合だけ許すという一種の玉虫色の立場こそは理にかなっているのか。

トルストイは、無抵抗と危険な現実との板ばさみで「判断停止」という古代ギリシャの方法を心の中でとっていたと考えられる。しかし、心の中で疑問がめばえてもトルストイは悪に対する力による抵抗を否定し、「不吉な」武器を手にしないよう、兵士にならないよう訴える。そこに一点の妥協点をまぜたら、その点が細菌となって原則を虫喰いだらけにしてしまう。やむをえず少しの武器を手にするやいなや、相手の武器より強力、優秀でないと無意味だから最小限の維持はつかの間である。武力は体質的に自己増殖する。

トルストイの暴力絶対否定は国民全体の教化手段として有効である。目標の提示として意味がある。トルストイの存在自体が人を教化し、生きる目標、とるべき政治的姿勢を体現している。その発言に非現実を見てもトルストイへの尊敬は無くならない。しばしば現実との距離ゆえにそれは大切にされた。貴重品は今使えなくても末ながく大切にされる。

トルストイの、力に対する力による抵抗の否定は、原石である。芯を傷つけないでそれを研磨することを、トルストイにとって想定外のテロリズムをふくむ二一世紀の現実が求めている。原石を捨てることも、「トルストイ主義者」になって原石を超時代的に崇めることも、ともに二一世紀からずれている。

トルストイの輪は、装飾品の金の輪ではなく、太い部分、薄い部分、ひび割れや傷がある。輪としての全体性、統一性は保たれているが、不安定である。トルストイが常に自分の心に、立場に、思想に疑問をつきつけていくからである。トルストイほどいわゆる悟り的心境と遠い老人は居ないだろう。「心の安らぎ」を軽蔑し拒否する青年の立場は、八〇歳を超えたトルストイの中で健在であるどころか、はるかに過激である。

一般的に民衆への金属のように強いひけめは、年月で金属のように摩滅していく。すり減れば心が安らぐ。老人は自分の余裕の一片を困っている民衆に与えることで安らぎを維持する。トルストイは高齢になってもこのような老化現象とは無縁である。落ちつけない。若い。

トルストイの生涯の敵である国家権力の暴力が、「私の広びろとした部屋、私の食事、私の衣服、私の休み」を守っている。自分が非難し、批判し、無くなることを心から願っている国家権力のおかげで安心してヤースナヤ・ポリャーナで執筆している。

トルストイは「盗賊」を恐れていたのではなく、自分の財産が「盗賊の巣」だと見なしていた政府によって盗賊から守られていることに身ぶるいしたのである。「人にかくすほどの物をばもつべからざるなり。盗賊等を怖るゝ故にこそかくし置んと思へ、捨て持たざれば還《かへつ》てやすきなり」（懐奘編『正法眼蔵随聞記』）

トルストイは、道元の「やすきなり」の方向へ向っていた。家出によってのみ「捨て持たざれば」という条件をやっとみたすことができるだろう。

七九歳のトルストイは、この状況から脱け出すために、国家権力が守っている物を棄て、その手段として以前から望み願っていた家出を計画した。ソフィヤでも単なるぜいたくでもなく、有産階層は権力という悪によって命と非民衆的な額の富を守られて生活している、という生存条件から、まず自分が脱け出る必要性、これと絶縁しなければという強迫観念と全ロシヤに公表している政治的立場がトルストイを住みなれた生家から追い出した。

トルストイは、一九〇八年五月三一日と記されている『黙っていられない』という文で死刑制度の犯罪性を指摘し、処刑をふくむ国家権力の悪と暴力に守られている、権力の一連の悪の中に自分が居る、このような生活をすることはできないし、「しないだろう」と、二年後の家出をほのめかしていた。家出は、したがって、一老人の都合でなく全社会的な問題である。

トルストイは、文化、学問、芸術、文明という「空虚な偶像」(トルストイ『我が信仰』)に対して根本的に否定的な立場に立っているが、最も激しい偶像破壊の対象は国家と教会という二大権力であった。トルストイは、キリストだけでなく、古代ユダヤの全ての預言者たち、全ての真の賢人たちは、なによりもまず教会、国家を悪であり、人間を滅ぼすものだと言ってきた(同)、と自分の立場を補強している。

ロシヤ・ギリシャ正教会と皇帝権力は悪の合金であり、これがトルストイの家出を同じ歩調で追いかけてくる。

今日、警察庁次官代理ハルラモフが極秘にアスターポヴォへ来た。一方、宗務院の要請でオプチナ修道院の長老ヴァルソノフィイが、トルストイに会ってギリシャ正教会へ帰ってくるように説得したいとトルストイの家族にしつこく申し入れを行ったが、アレクサンドラは面会を断わった。「伯爵とけんかはしない、ただ和解したいだけ」と長老は記者たちに語る。会見を拒否され、トルストイあての手紙の手渡しも断わられ、アレクサンドラあてに手紙を書く。彼女は、父親の意志は家族にとって神聖で、会見は不可能だと答えた。アスターポヴォへどのような高僧や高官が来ようが、駅長の家は難攻不落の要塞である。

トルストイは病床で教会の使者に会うという災難をまぬがれた。トルストイがアスターポヴォより先へ行くことはできず、今日、明日にもアスターポヴォで死ぬことは確かな状況になったので、トルストイが死んでも追悼の儀式を行ってはならないという禁令がリャザン県知事から県下の聖職者あてに出された。

リャザン―ウラル鉄道の支配人は、病気のトルストイを気づかって、アスターポヴォの前を通過する列車に汽笛を鳴らすことを禁じた。

しゃっくりがひどい。うわごとを言う。起き上がったり横になったり落着かない。脈が弱い。何かすすめると、「放っておいてほしい」。お粥をさじに三ばい食べただけ。

ベルケンゲイム医師が、トルストイの嫌いな薬と酸素と器具を持ってやって来た。「放っておいてほしい」の対象である。

昨日より調子がいい。皆これに喜んで活気づく。注射には毎回「いやだ」と拒否する。医学を身体の自然破壊だと思っているこのがんこさは、トルストイがあいかわらずトルストイでありつづけている証しである。

8 「百姓はこんな死に方をしない」

十一月六日

午後二時ごろ、トルストイは突然坐って、大きな声ではっきりと言った。

「これで終りだ。そして無だ」

「この日ターニャ（長女タチヤーナ）と私は父のそばに坐っていた。寝台は部屋のまん中にあった。突然、父はがばっと身を起こし寝床に坐った。私は近寄った。

『まくらを直しましょうか』『ちがう』しっかりとはっきり発音しながら言った。『そうじゃない、この世にはレフ・トルストイ以外に沢山の人がいる、ということだけは覚えておいてほしい。ところがお前たちはレフ一人だけを見ている』

これがターニャと私に向って言われた最後の言葉になった」（アレクサンドラ・トルスタヤ『父』）

死につつある老いた病人が「がばっと身を起こす」ことはない。あってはならないことが行われている、という意識が頭の闇の中に雷のようにひらめき、病人はたたき起こされた。この家では我が身一つのために全てが動き、全ての人が働いている。これは今まで自分が守ってきた立場の破壊である。

この恐怖が瀕死の病人に残っていた力をかき集め、トルストイは人生最後の政治的発言を行ったのである。

必死の発言のあと再び意識も体力も消えた。

老人になると自分の存在を維持することが大変で、見ず知らずの他人である民衆という抽象物に関心をもつどころか、自分の世話で忙しい。年輩者が自己中心的になっていくのは、老化現象である。民衆救済にとりくむトルストイは、この老化現象に侵されていないので「レフ一人だけ」にかかりきりになって無数の他者に背を向けている光景は、死まであと二、三歩の所に来ているにもかかわらず、トルストイにとって過去数十年の歩みを帳消しにする一枚の恐ろしい絵であった。トルストイは、年齢によっても死の接近によっても自分を甘やかさず、高齢や死によって自分を割り引かず、「安らぎ」を拒否した若者と同じあつかいを病床で要求している。

「その臣民があたかも獣のように導かれてただ隷属することしか知らない国家は、国家というよりは曠野と呼ばれてしかるべきである」（スピノザ『国家論』畠中尚志訳）

獣の大群、おびただしい畜群がおとなしくついてくるためには、自由、平等、個人、個性など緑の木々が邪魔してはならない。ロシヤでは政府という「盗賊団」がまめに木を伐り草を刈り、広野は荒野になった。

トルストイは三〇年かけて荒野的国家ロシヤの特別席から降りつづけた。病床に移っても、意識は荒野を駆けめぐり、「レフ一人だけ」は、荒野の大群から離れようとしない心情の、思想の、政治的立場の表明であった。

トルストイは、我が身を貧しい勤労者たちに近づけようとした。百姓風——これはその一つのあらわれである。しかし縄ひもでシャツをくくり、決して旦那風の身なりをしないトルストイの姿は、小作人にとって一枚の戯画であった。ただ齢とともにこの点でも自然になり、質素、単純素朴が身についた。トルストーフカという名前がついたシャツ、膝まで長くしたようなゆったりした、少しインド風の上着は、百姓風を誇示するというよりも動きやすく、執筆しやすいという実用性がトルストイ式生活に合ったのだろう。装飾性皆無の実用性は「単純化」、ぜいたく拒否の原則にぴったり合う。

トルストイは家出によって誰かを救ったのではない。農民の仲間になったのではない。政治的立場と生存条件との不一致という自家製の拘束衣を脱ぎすて、執筆の大地を求めて出たのである。トルストイでありつづけるために。しかし、頭陀袋をせおって放浪する孤老ではない。マコヴィツキイ、アレクサンドラ、フェオクリートヴァがまるで従者のようにしたがっている。発病したら何人も医師がやってくる。薬も不必要なほどある。著名な医師であるシューロフスキイもかけつける。本人が医療もぜいたくも拒否しても、駅長宅は旦那の家である。これは意識が点滅し始めてもトルストイにはっきり分かっている。

トルストイは最後の日まで自分が望んだ生存条件で生きることはできなかった。貧農宅での下宿は夢のまた夢であった。

アウシュヴィッツのユダヤ人の、スターリン体制の囚人の、干ばつと飢餓のアフリカの子供たちの苦しみを分かつことも、その立場になってみることも、当事者、本人でないわれわれには不可能である。しかし想像力が他者の苦しみをそれなりに何とかつかむことはできる。会ったこともないアフリカの難民のために日本人が三千円寄附するのは、彼らの生活の想像を絶する悲惨さを想像したからである。トルストイは、アフリカの飢えている子供が自分の息子と同じように自分には近い存在であることをソフィヤが理解しないとなげいた。ソフィヤは、遠い暑いアフリカの苦しみを想像しようとしない人間である。

レフ以外の人類について想像する。これが娘たちへのトルストイの最後の忠告になった。想像力は起動力であり、行動の第一歩である。想像への呼びかけは行動へのさそいである。他者の苦しみを想像する力は人格の、人間性の重要な一部である。道徳教育はこの想像力を養うことである。

あらたに医師が二人加わる。

トルストイは、「こんな状態より、終りが来た方が良い」とも言った。近くに酸素を放った。呼吸が楽になるためだと説明をうけたが、何度も止めてくれとたのむ。カンフル注射が行われ、しゃっくりを止めるために湯たんぽを胃にのせる。一般的に病人は特別あつかいを望むが、生と死の境界線上で寝ていてもこの病人は、「そっとしておいてほしい」というだけである。

一日中、しゃっくりが続き、苦しんだ。「全く無益だ」「馬鹿げたことだ」という言葉がもれた。治療を嫌がっている。最後の意識が消えるまで医学拒否は貫かれる。

大きな才能でなく「巨大な才能」（トルストイ）であったニコライ・ゴーゴリ（一八〇九―一八五二）に死がせまった時、治療を受けなさいと言う者に向って言った――まだ生きることが神の意にかなうなら、私は生きているでしょう。この天才を失うことを恐れて五人の医師が、神を無視して代わる代わる診察し、治療しようとしたが、ゴーゴリは全て拒否する。医師は神ではない。医師団は強制的に力づくで、したがって拷問で治そうとした。ゴーゴリにつきそった医師アレクセイ・タラセンコフによると、病人はおとろえて、腹は平らで、何も食べていないからおさえると背骨にふれるほどやせている。衰弱したゴーゴリは治療を力ではねかえすことができないので、医者は大きな蛭《ひる》を八匹鼻へ向って吸いつかせ、放血させた。弱っている病人から血を奪うのは死を早めるだけだが、蛭による治療は一般的であった。ゴーゴリが蛭を取ってしまわないようにその手はおさえつけられていたので、病人はただ「蛭をはずしてくれ」「口から離してくれ」と頼むことしかできない。熱いパンで体をつつむ、風呂につける、冷やし、温める。そのたびにゴーゴリは叫び、うめいた。全ての提案、治療に対して「自分をそっとしておいてほしい」「止めてほしい」「後生だからいじめないでほしい」とゴーゴリはくりかえしたが、治療を望まなくても治療すると決めた医師たちは自分たちが勝手に医学的行為だと思っている蛮行を止めない。ゴーゴリは突然「はしごをくれ、早く、はしごをくれ」と叫んだ。タラセンコフはこれを、病人が立ち上がりたいのだと解釈し、椅子に坐らせると、首が頭を支える力を失っていて頭はだらりと下がった。医者たちが、弱った体に残っていた最後の力を奪ったからである。「はしごをくれ」というせっぱつまった催促は、はしごをつたって天へのがれようとする妄想からの発言ではないかと思われる。ゴーゴリが拒否した医学の強制執行のおかげで、『死せる魂』『外套』『検察官』の作者はあっけなく死んだ。四二歳一一カ月であった。

この少し前ゴーゴリは、人生の事業であった『死せる魂』第二部の原稿をだんろに投げこんだ。これは自分で自分の魂を抜き取る行為であり、ここに死の芯があった。医学はゴーゴリでなくなりつつあったゴーゴリの息の根を止めた。

一八五二年と一九一〇年の差でトルストイはゴーゴリのような野蛮な治療をまぬがれたが、医師と患者、医学と死との関係は両者とも同じである。四二歳のゴーゴリも八二歳のトルストイも死を死の故郷である自然にゆだねる、という点で一致している。神がかりになっていたゴーゴリはそれを神によって表わした。二人とも医学を反自然としてしりぞけた。

夜半近く、苦労して坐った。苦しい息をして、「死ぬような気がする」と言った。長男セルゲイが呼ばれ、とぎれとぎれに言う。「セリョージャ、……真理を……私はたくさん愛する……私は、みねを（皆を？）愛する」

あえぎあえぎ不明確な発音で、大岩のような苦しい重い息の下からもれた。これをそばで疲れきったマコヴィツキイが全神経を集中して聞き取った。

人は末期の苦しみの中で、もし口にするとしたら、家族の行末など極私的なことに限られる。トルストイの口から出たのは「真理」である。

寝床の上に枯葉が落ちているのではない。紅葉の極みのあざやかな葉が寒風の中で命をふるわせている。

紅葉人として生きよう。紅葉の中に老人の尊厳がある。

トルストイはこの場になってもまだトルストイから引退していない。「真理」とは自分が追求し主張してきたものの総体である。

トルストイは、叫び、あがき、あえいだ。「死ぬのはなんとつらいことか」

「宇野千代さんが長生きしたいと努力なさっているのを見て、『なんでそんなに長生きしたいんですか』とお訊《たず》ねしたら、長く生きると、秋の木の葉がはらりと自然に落ちるように、命が尽きる。痛くないし、苦しまない。『だから私は長生きしたいのよ』とおっしゃったのが頭にあるんです。若いとまだ本当は死ぬ命ではないから、体が逆らう。それで苦しいそうなんです。だから私も、生きって、はらりと落ちる。それがいいなと思って」（瀬戸内寂聴、ドナルド・キーン『日本を、信じる』）

トルストイは、死ぬのはむつかしい、と苦しい息の下で言う。家出という大仕事の真最中に肺炎という外敵が命に襲いかかり、まだひとりでに消える体勢はととのってはいないので、八二歳なのに「体が逆らう」。だから死はまだ自然でなく無理じいである。苦しい、つらい。

死よ、なんじの棘はどこにあるのか。ほら、そこに、仕事をになっている体と死とのずれの中に。死との不調和が生み出した棘が体を刺す。刺されながら、「レフ一人だけを」が口から出たので――これも仕事である――、トルストイの死には、全身の力が抜けて命の殻がはらりと取れるいさぎよさはない。なぜなら、半死の状態でもトルストイが体から去らないからである。命の点滅のあらわれとしての意識の明暗の中にトルストイの姿がまだ見える。トルストイの最大のストレス源は自分自身であり、その生き方であった。

もったいないから小さな紙の裏まで使って書いたトルストイは、紙きれもすてることはできない。『戦争と平和』執筆時の知的体力――肉体の力と知の力との合体物――は、今や紙きれのような小片になり、トルストイは、もったいないから命の裏まで使い、命をかきあつめて、駅長宅で仕事をしている。

「生ききって、はらり」という、死にかけのすべての者がよだれをたらして待っている至福の死は、この勤勉きわまりない執筆者には贈られなかった。死の床に仕事を持ちこみ「真理」を口にするような輩は、口ではいつ死んでもいいと言いながら死への反逆者であり、死神の怒りをかうだけである。

しゃっくりがひどい。

苦しいのでマコヴィツキイがモルヒネを打とうとすると、それを拒否する。ウーソフ医師はモルヒネが役に立つと主張し、病人は注射された。すると呼吸がさらに苦しくなり、力がなくなり、トルストイは、半ばうわごとで「誰も邪魔しない（あるいは、見つけない）ようにどこかへ行ってしまおう。私をそっとしておいてほしい……ずらからなくちゃ、どこかへずらからなくちゃ」と言う。「はしごをくれ」のトルストイ版である。「神にならって生きなければならない」がそれに続いてあえぐ口から出てきた。

脳に広がる闇の中に「神にならって生きなければならない」という彼がくりかえしくりかえし訴えてきた言葉があらわれた。命の光である。消えつつある肉体の夜に流星が走る。「神にならって」は呪文ではない。抑圧、暴力、殺人、搾取、支配、裁き等々に対して、石と石がぶつかり合う形ではなく、こぶしを握りしめてではなく、何も持たず両手をひろげていさめるトルストイのお決まりの言葉である。神はトルストイの政治的まとめ役である。

トルストイは、九年前にも今と同じように肺炎で死にかけた。死を覚悟した時、義務をはたさないで死んではならないと考え、ニコライ二世に手紙を書く。民衆の惨状について、制度と政策の非人間性について、その改善策について提案する。

皇帝あての手紙の常識に反し、陛下ではなく、兄弟とニコライ二世に呼びかけ、「間近な死を待ちながら、あたかもあの世からのように、あなたに書きます」。

　ロシヤの三分の一は厳重な看視の下にあり、警察はますます大きくなり、牢獄、流刑地、徒刑地は満員で、検閲による禁止は異常な程度に達し、宗教的迫害は今ほどひどかったことはありません、都市や工業の中心地には軍隊が集結し、戦闘用の武器をもって民衆弾圧のために送られます。ロシヤの威力の土台になる農耕民衆は年ごとに貧しくなっていきます。政府の政策は、国民の幸福な生活と皇帝の安全安心を保証しているのだと、あなたの助力者たちはあなたにうけあっています。

「助言者」「助力者」は皇帝の側近である権力者たちのことで、彼らについては、トルストイは、自分の利益のために国政にたずさわっている悪人だと警告している。ニコライ二世にもこの点を注意し、「皇帝の側近は、民衆の幸福ではなく何よりもまず自分の地位がかわいい連中なのだ」と皇帝に教えている。

「専制は時代遅れです」、だからこの形態の支配とこれとつるんでいる正教とを支えるためにありとあらゆる暴力、度をすぎた警備、流刑、処刑、宗教的迫害、本と新聞の発禁、教育のゆがみ、ありとあらゆる悪い残酷な事が行われています。「暴力によって民衆を弾圧することは可能です、しかし、暴力によって民衆を統治することはできません」

　現状を根本的に変える方法は土地の所有権の廃止です。もちろんこれが浅知恵の極み、空論、だとあなたの助言者たちが言うのを私は承知しています。

「あなたはこの世に一回しか生きることはできません」。あなたは悪から善への、闇から光への、神が手はずした動きを空しくも止めようとすることにその人生を使うこともできます。神と人びとに奉

トルストイの提言をことごとくしりぞけ正反対の政策を行ってきたニコライ二世は、トルストイの死後8年で雪かきをさせられる身分に転落し、1918年7月16日から17日にかけて銃殺された。

仕するためにそれの実現に自分の人生を使うこともできます。

これらは「神に対するあなたの責任」、という表現でしめくくられる。神はここでもトルストイの政治的主張、要求の総括の役をする。神は抽象的な祈りの言葉ではない。

ニコライ二世あてのこの手紙は、一九〇二年一月一六日に療養先のガスプラで書かれた。肺炎から奇跡的に回復し、人生の残された八年間、この手紙に書かれている問題についてますます強く批判するようになる。世の老人が人生で磨滅したかのように円くなるのと反対に、齢と共にトルストイの政治性は強く鋭くなる。

これは「兄弟」ニコライ二世にとって検討に値しない代物であった。トルストイの逆を行くことこそ専制にとって現実的な正しい自衛策だとニコライを頂点とする権力者たちは考えていた。それから三年ばかりで皇帝は、民衆の反逆に恐怖し、出血的譲歩をして出版の自由等いくらかの自由を与えた。それによって反帝政の大波をおさえることはもはやできず、それからさらに十二年たってニコライ二世は廃帝となり、さらに一年たつと、妻、五人の子供と共に銃殺され、専制を支えているはずの正教も教会の神も完全な無力さをさらしだすだろう。

トルストイは医師のあらゆる提案をしりぞける。この病人はソフィヤからだけでなく、医師団からも逃げなければならないので忙しい。

鉄道員の有志からオゾーリン駅長へ、トルストイへの配慮を感謝する電報がきている。

トルストイが連日登場する新聞はすぐに売り切れ、ふだんより増刷して発行する。『パリ・ジュルナール』は、評論家ジェロー・リシャールの文を載せた。「これは自分の精神的権威だけをよろいとして全能の国家と闘っている巨人だ。もしレフ・トルストイが姿を消さなければならないとしたら、ロシヤで良心の強力な声がとだえ、闇の中で数億の人々を照らしていた明るい星が消えてしまうだろう」

トルストイ死す、の誤報が出た。フランスの国会はロシヤ国民へ哀悼の意を表することを全員一致で可決した。そのさい、社会党の党首、のちにその思想のために暗殺されるジャン・ジョレスが演壇に立った。「レフ・トルストイは、砂漠における命の水の源の一つであった、そこでは、あらゆる傾向の人びとが、人生のいかなる行路をたどろうが、それに出会うのである」

よくあることだが、病状が不思議に安定し、マコヴィツキイの嬉しそうな表情を見て、まわりの者もほっとする。マコヴィツキイは嬉しさのあまり冗談すら口にした、と新聞が伝えている。病魔が一息ついている。大嵐の前の静けさである。

アスターポヴォにつめかけている新聞記者の記事によれば、トルストイは、「百姓はこんな死に方をしない」と「最低限の利便」を苦にしている。医師たちは沢山の薬と器具を持ちこんでいる。駅長宅がきゅうくつになるほど多くの助力者たちがつめかけている。百姓風の死は実現不可能な夢である。

悪医、粗医が大勢いても医学を否定するのは、不当である。たった一つの薬が癩病の歴史を大きく変え、呼称も今ではハンセン病になった。この一事だけでも医学の救済力を証明している。

人間の肉体には命を保つための自然の装置とそれを作動させる力とが備わっている。それを信頼して、医師は手を出すなというトルストイの立場は、自分が死に到る重病人であっても変わらない。病に対する人工の闘いは死を不自然にする。そのままの状態で、百姓のように無防備で、備えなしで死にたい。百姓はこんな風には死なない、これは百姓風に死なしてくれない医師団や沢山の無用な医薬品に対する抗議であり、地主の旦那風に、貴族風に死をむかえるいまいましさである。

トルストイの小品『壺のアリョーシャ』（一九〇五年）では、百姓の子アリョーシャが町の商人の家へ奉公にだされる。御飯もまともに食べられないほどこき使われているが、この若者はいつもほほえんでいる。月給は父親がとりにくるので、自分が働いて得た金を目にしたこともない。こんな暮らしを苦にもせず、働きとおしているアリョーシャは、ある日、大発見する。必要性と利用価値ではなく、ただ単にその人が必要であるという人間関係があることを知ったのである。アリョーシャは、忙しくて食事の時間にまにあわない。すると、料理係の女中ウスチニヤがお粥を残しておいてくれる。人手としての自分の手でなく、アリョーシャそのものが必要だという他人が居る。

二人の結婚には、主人も父親も反対で、アリョーシャはあきらめる。雪かきしていた屋根から落ち、ウスチニヤが「死ぬの」ときくと、「いつかは死ぬものさ」と答える。誰にもさからわなかったように、死にもさからわない。人生の終りだからウスチニヤの情けに感謝し、こういう身になったから結婚を禁じられたのは良かったと思う。ここも良いからあそこも良いところだろうと思いながら死ぬ。

トルストイにとっての理想の死である「なんとかんたんなことか！」がアリョーシャの死である。百姓の子アリョーシャの場合、人生も心も単純だったので、死との関係も単純である。トルストイにはこの幸福は不可能であった。

父親の体を洗ったアレクサンドラは、体が子供のように小さいと驚いた。老いと病で肉体はしょぼくれ、ちぢこまっている。

人間が野を歩いていると悪象が追ってきたので、木の根をつたって空井戸へ逃げこむ。木の根を黒と白のねずみが交代でかじっている。人間は根にぶらさがっているので、ねずみがかじり終ったら井戸の底へ落ちる。下には毒竜がいる。井戸の壁には四匹の毒蛇がいて、壁をつたって外へ出ることはできない。しかも外には悪象がいる。木の根が切れたら、毒竜の口の中へ落下するのが人間の運命である。悪象と毒蛇と毒竜を恐れている人間の口へ木から五滴の蜂蜜がしたたりおちた。それを楽しむ間もなく木がゆれて蜂が逃げ人間を刺す。野火がおそってきて命綱の木の根は燃えてなくなった。

これは『仏説譬喩《ひゆ》経』（義浄訳）に入っている古代インドの『黒白二鼠《こくびゃくにそ》』という話である。四匹と五滴という数字の意味は、「四蛇同四大」「蜜滴喩五欲」という釈迦の解説から分かる。四大は、地・水・火・風であり、五欲は、見たい、聞きたい、嗅ぎたい、味わいたい、触りたいという五つの欲を表わしている、ということになっている。

トルストイは、この「東洋のお話」を仏教抜きの異文で知っていた。

草原を歩いていた旅人は、怒り狂った獣から逃げて空井戸へとびこみ、井戸の割れ目に生えている木の枝にしがみついた。下には、彼を喰おうと大蛇が大口をあけて待っている。上には獣、下には大蛇。しかも手が疲れてきて、まもなく落ちてしまうだろう。ふと見ると、木の幹を黒と白のねずみが交代でかじっている。これで破滅はさけられない。ところが葉っぱに数滴の蜜がある。旅人は舌でそれをなめた。

トルストイは、自分はこの旅人だと言いたいために『懺悔《ざんげ》』（一八八一年）の中へこの恐ろしい「東洋のお話」を入れたのである。

「大蛇とねずみ」が中年のトルストイの首根っこをおさえる。黒いねずみは夜、白いねずみは昼で、この二匹が交代しながら休みなく命綱をかじっているのは、人生の持ち時間が無くなれば大蛇の餌食になることを表わしている。ねずみはかじることを止めないし止めさせることはできないから、人間は常に死の口へ向ってずり落ちていく。かつてのトルストイのように大蛇の口という終点から人生全体を考えると、大蛇は終点から上ってきて人生全体を呑みこんでしまう。人間は生と死について、いかに生きるかについて大蛇の真っ暗闇の腹の中で考えるはめになる。

トルストイが「死」におびやかされた「アルザマースの恐怖」の時期は、健康であり、まだねずみがかじり終っていないにもかかわらず大蛇の中に自らもぐりこんでしまった人間の悲喜劇である。

譬喩経では、井戸の外の条件、野火のひろがりによって人間は死ぬ。これは井戸という生の場を上から支配している無常という力である。ねずみがかじり終る前にとつぜん生が終る。仏教説話の方が恐ろしい。かじり終るまでにまだ根が残っていると思うのは無意味である。死を受け入れることなく生を受け取ることはできない。自分の生が宙づりだから死へ落ちてしまうのでなく、木の幹に頑丈にしばりつけられていてもひもであれ綱であれ切られてしまう。夜の化身黒いねずみと昼の化身白いねずみは時間という死の刃である。かじる音を聞きながら全ての人間が生きている。トルストイやチェーホフの類いには異常に鋭い耳が付いていて、人生は気楽ではない。だから彼らの生の芯は創作へ移住するのである。旅人はわれわれである。黒と白の中に生も死も入っている。人生は下へ落ちるまでの時間の余裕である。ほかならぬ自分の重みで手がしびれながら蜜を楽しむことも、落ちることすらも生である。生きて落ちて落ち着いた所が死である。

家出九日目、もはや蜜はしたたり落ちるのを止め、木は枯れ、井戸の向うの野獣はあきらめて去り、ただ「二鼠」だけが御用納めの仕事をしている。大蛇は今日さらに大きく口を開いた。

9 「警察もひざまずけ！」

十一月七日

「あばよ、洗っていないロシヤ、奴隷の国、主人の国よ」（レールモントフ、一八四一年）

風呂に入っていない国、洗ったことのない国ロシヤは、下から見れば奴隷の国、上から見れば主人の国である。だから国の姿は醜い。これは国との縁切りの詩である。

トルストイは、この汚れたままの国で主人の一人、国の汚れに責任のある一人であった。ルネサンスを知らず、西ヨーロッパが自由、平等について考え書き論じていた時、モスクワ大公とギリシャ正教の支配下にあるロシヤ人には自由、個人、宗教的寛容などは天文学の用語であった。西ヨーロッパがルネサンス、宗教改革で国を洗っていた時、モスクワ大公の臣民には水も石けんも無く、また、不必要であった。

トルストイの激しい政治的発言は、この後進的汚れに対する超先進的人間の反応である。

レールモントフ自画像（部分）
1837-38年

ミハイル・レールモントフ（一八一四―一八四一）はニコライ一世あるいはニコライ棍棒帝の下で詩人であった。ニコライ一世は即位の時に、帝政を支えるはずの青年貴族たちの反乱によって終生忘れえない衝撃を受けた。デカブリストの乱と呼ばれるこのか細い反乱は、ナポレオンとの戦いで西ヨーロッパを実際に見て来た貴族たちがロシヤの汚れを知った結果であった。ニコライ一世は、棍棒のニコライという尊称をもらうほど弾圧に熱心で、フランス革命の思想的余波、その類いのあらゆる進歩的思潮がロシヤの岸を洗うのを阻止した。一九世紀になりながら、ロシヤの汚れがとれないどころか、棍棒帝のおかげで汚れはひどくなった。その反応がレールモントフの洗われたことのない国である。この詩があらわれた時トルストイは一三歳であった。レールモントフは、首都ペテルブルクを追われて、異民族との戦場であったカフカース（コーカサス）に帰任し、その年のうちに決闘で殺される。レールモントフは二六歳で消え、洗っていないロシヤにさよならをしたが、トルストイはそれから六九年たった今も汚れたままの国で生きている。土地の私有制、専制、教会、弾圧、処刑など大きな汚れを自分の手で、ペンで洗おうとするが、時を経て汚れがロシヤの身体の深部へ入り、トルストイ個人の力では落ちない。やっかいなことには、貴族、地主、金持である自分が国の汚れの一部であり、しかも、汚れた手で汚れを落とそうとしていることを誰よりもはっきりと、心に亀裂が走るほどの痛みと共に理解している。

トルストイによれば、権力と盗みは不可分であり、支配階級、権力をもつ者は、自分の権力の拡大、保持、強化のために、盗みの分け前を家来に与え、家来つまり兵隊、憲兵から元老院議員、大臣にいたるまで盗みの仲間である。昔はあからさまに、今では嘘まみれで隠れて行われる。（トルストイ雑記帖　一九一〇年五月二二日）

百姓がトルストイ家の森で木や草を刈ると盗みになる。トルストイは偶然にこの盗人と出くわすと、トルストイにもらったのだと言いなさい、と言ってとがめない。なぜなら、地主の持っている森は盗んだものであり、その百姓は盗品を取ったにすぎないのだから、地主であるトルストイに返品させる権利はない。旦那トルストイは、自分が全般的盗みの一部だと感じていたので百姓たちにしたわれていた。これは、物乞いに小銭を与えるのと大差はない。こんなことで所有（盗み）の悪が帳消しになるはずはない。この慈善行為は、森と縁を切れと無言で要求している。木までがトルストイに「あばよ」と言っていた。

「主人の国」の住人である自分自身の汚れが家出の道行きで落ちていくはずである。ここに家出の理由の大きな一片がある。

トルストイの家出の根本的原因はこれだと、例えば、ソフィヤのふるまい、死に場所を求める旅、教会と和解して修道院に入る、等々から一つを選んで結論するのは、家出について考えないのと同じである。トルストイの心を物理的に解剖しても手におえない複雑な内部が見えるだけで、そのうちの一つをつまみ出して答えだと言える者はその解剖医もふくめて居ない。

二一世紀日本人にとって役に立つのは、謎ときトルストイではなく、著者の仕事は八二歳の家出の劇を書くことである。政治も宗教も思想も文学も人間関係も家族の事情も総出演する、史上まれに見る劇そのものが二一世紀人の生活に、生き方に刺激的な効用をもたらす。

「主人の国」の住人であるトルストイは「奴隷の国」との間の広く深い溝を飛びこえる練習を三〇年間つづけたあげく、家を出た。

トルストイは一つの輪である。それは小さな玉のつらなりである。それぞれの玉は、反権力、非暴力、土地私有制反対、不戦反戦等々の立場をになっている。それらはたがいに補いあうと同時に衝突し両立しない場合がある。例えば、某国で革命が成功し専制君主が倒されるや、「でかした」と心の中で叫ぶと、すぐに、非暴力、悪への抵抗の否定、全人類的愛などの玉が赤く光る。統一体としてのトルストイは、だから、革命でなく、物理的な力でなく、説得と愛で、などという言葉で政論をしめくくる。無抵抗、人類愛、寛容、赦しが反逆者トルストイをなだめしずめる。宗教用語としての長老という言葉をトルストイに、特に家出後に、たてまつる者が少なくないが、宗教的安心、仏教の悟りに近い物を最終期のトルストイに見ようとするのは、死ぬまで反逆者でありつづけた者を、安らかな死に場所を求めて家を出たありきたりの高齢者にしてしまう。

トルストイの輪は死ぬまで振動し、うわ言の中でも輪が作動している。

われわれの存在の母である宇宙は、自分の生みだした者に対して完全に無関心だから、人生は自治にまかされている。どのような自治で命を消化するか、これが一方的に人間におしつけられた課題である。

トルストイは、この自治権を独創的に使いつくした少数者の一人であった。

文筆の、言葉の闘士であったトルストイには、世間の多数派をたじろがせる極論が多かった。医学否定も、すべての権力を地上から無くすことも、圧倒的多数の民衆が従っている教会を完全否定することも、その一部にすぎない。極論は、トルストイの人生自治権の一つのあらわれである。

トルストイは、帝政下の人間があこがれる憲法も議会も信用しない。先に憲法を持った西ヨーロッパで民衆は憲法下の抑圧に苦しんでいる。ロシヤがこれをまねする必要はないと考えていた。

一九〇五年の騒乱の成果として一九〇六年二―三月に国会選挙が行われた。選挙法によると地主の一票は、農民の一五票、労働者の四五票と同じ価値をもつ。土地私有制の結果としての異常な不平等がここでは数量化されている。トルストイが「民衆の意志を全く代表していない」と国会を完全否定するのは、今まで国会を持たなかったロシヤにとっては極論であり、トルストイにとっては常識であった。極論はトルストイにとってはあたりまえのことであり、この事情はトルストイと世間との大きなずれを表わしている。トルストイはロシヤと大きくずれたままで死ぬだろう。

トルストイの政治は一つの統一体である。たとえば、土地私有制の廃止は国家権力の廃止と対になる。トルストイの死後わずか七年で十月社会主義革命が起り、一九二二年にはソヴェト社会主義共和国連邦が形成され、ここでは土地は、「全人民の所有」という形式で、国家権力による独占的排他的所有になる。これによって国家権力は、史上最も多くの領域で最も強い支配力を発揮できた。国家は唯一人の地主だから土地だけでなく、その上に住む者、全人民の運命を好き勝手にあつかうことができる。所有は権力にとって最高の支配形態であり、民衆は土地と共に自由をそっくり奪われる。したがってトルストイの土地私有反対を権力否定と切り離せば、彼が長年主張しつづけた自由、寛容、国家への服従拒否、処刑と暴力と強制の廃止などは消えてしまい、土地私有制廃止が土地国有制という鬼子、絶対的権力支配を生みだす。処刑、暴力、強制、国家権力の否定否認のこのつらなり、この輪の中でこそトルストイの土地私有反対が意味をもつ。

トルストイの輪の回転の動力は命のための守備力である。権力を憎悪しながらどのような権力者であろうと殺してはならないという、テロリズムの完全否定、どのような罪を犯しても死刑にしてはならないという死刑制度廃止、命が保証される富者と全く保証のない貧乏人とに国民が分断されている貧富の差の解消、命の大量消費である戦争絶滅のための不戦、反戦、これら全ては命擁護という同じ輪の中にある。老人トルストイの政治活動とは、この輪の回転である。

回転する自作の輪の遠心力でトルストイはふっ飛ばされ、主張、願望とのずれ、生活とのずれは空中に散乱した。これが家出であった。

最後の言葉「真理を愛する」の真理は、この輪を貫く原理のことである。

遠心力は自分が作り出した力だから、トルストイは自分で自分をはじき飛ばしたのである。彼が人生の段階を昇るさいに出してきた激変力の最大の、最終の発揮が家出であった。したがって家出はトルストイの創造物であり、創造に生きた人間の最後の作品である。

もしトルストイが死にのぞんで教会に対する態度を改めなかったら、宗務院は、異教徒の葬儀に関する規定を適用する決定をした。これに基づいて神父にはトルストイの遺体を、『聖なる神よ』を歌いながら墓場まで運んでいくことだけは許可された。これは教会での儀式の禁止を意味する。アスターポヴォの在るリャザン県の知事は、ストルィピン首相へ、いかなる教会での儀式も行わず、すぐに土中へ葬る、故人のこの意志を実行したいとトルストイ家が知事に伝えたと報告した。死にかかっているトルストイを「教会のふところ」に帰さなければ、宗務院は、大魚を釣りそこねた漁師になるだろう。ポベドノースツェフは一九〇七年に死んだが、宗務院のトルストイに対する憎しみが変わることはない。総裁ルキヤーノフは、トルストイの死の前に改心させるためにあらゆる手段をとると決定した。皇帝、内閣、宗務院はこの点で一致している。アスターポヴォには武装した憲兵隊が送られた。このこっけいな処置は権力のトルストイに対する恐怖のあらわれである。

トルストイは、ロシヤの腫れ物である。腫れ物にさわるな。権力はこの戒めを半分だけ守り、皇帝、政府、教会に都合の悪い著作は発禁にし、それを普及させた罪で秘書グーセフやチェルトコーフを流刑や追放処分にして弾圧者のめんつを保ったが、主犯トルストイには今にいたるまで指一本ふれることはできないままである。このままこの反逆者を無事にあの世へ行かせてはならない。臨終の枕もとで教会は勝利しなければならない。

アスターポヴォでの病状が劇の中継のように全国に報道され、トルストイに敵も味方も全国民の注意が向けられているのは権力にとって危険であった。トルストイがアスターポヴォに滞在することを禁じ、二百人を超す報道陣を退去させる企みがあった。しかし、猛烈な抗議をうけて、記者たちは車輛に宿泊し取材をつづけることができた。

非武装の一老人を巨大な国家権力が、国内の敵軍のように恐れている。力をしりぞけ言論に徹したトルストイは、「ペンは剣より強し」の化身であった。

教会と政府は陰謀劇を共同執筆した。死の寸前の、頭がもはやトルストイのものでなくなっている時に高僧が枕もとまでのりこみ、病人は「悔い改めた」と全ロシヤに発表する。皇帝も宗務院もこれを熱望し、悔い改めというトルストイの敗北宣言を国家と教会が勝利者として受け入れ、キリスト教徒としての葬儀を許可する。もし入りこむことに成功してもトルストイが「悔い改めた」と口にしなかったら、したと嘘をつくことになっていた。

家出する以前に教会のトルストイへの働きかけは始まっており、トゥラ県の大主教パルフェニイはヤースナヤ・ポリャーナを訪れた。トルストイはこの訪問の目的がトルストイの悔い改めをうながすためだと見ぬいており、自分が死ぬ時に「悔い改めた」と皆に信じさせるために何か企むだろうと権力の陰謀を予見している。トルストイが見ぬいたようにパルフェニイはトルストイと会ったことについて、トルストイが懺悔したと嘘をつき、懺悔だから他言できないと、あとは想像せよというふくみをもたせた。トルストイをめぐる陰謀の一片である。このパルフェニイが宗務院によってアスターポヴォへ送られた。計画どおり改心させるためである。これが「皇帝陛下じきじきの願い」なので、彼も何とか死につつあるトルストイに近づこうとしたが、トルストイ家全員の拒否によって病室に入ることはできなかった。父親の反教会的、反権力的立場にも怒っている、偉大な父のみじめなほど小さな息子レフとアンドレイも、改心をめぐる陰謀には抵抗し、教会を入れないという点ではトルストイ家は団結していた。病床のまわりで政治が渦をまいている。これこそ政治的人間トルストイの最後にふさわしい。トルストイに対する教会の勝利という夢は消えた。

宗務院は、「破門」は取り消さない、トルストイのために教会でいかなる追善供養も儀式も行ってはならない、という決定をし、ストルィピン首相にも伝えた。

死の恐怖が信念をゆるがすとふんだ聖職者たちの俗っぽい人間観に、「異教徒」トルストイは勝利するだろう。

トルストイの禁じられた著作の普及などで追放、流刑になったチェルトコーフは、当局にとってトルストイの槍持ちである。チェルトコーフがアスターポヴォに来た時には、リャザン県知事オボレンスキイ公爵は退却を命じた。チェルトコーフは、自分を追いだすことができるのは死体になった時だけだ、とはねつけ、トルストイの死まで不眠不休で世話をした。ヴラジーミル・チェルトコーフ（一八五四―一九三六）は、皇帝の側近である侍従武官、アレクサンドル二世、アレクサンドル三世、ニコライ二世の三代に仕えたグリゴーリイ・チェルトコーフの息子で、近衛兵であったが、退役し、一八八三年トルストイと知り合い、最も身近な思想的同志になった。貴族で、地主で、将軍で、皇帝の側近である父親をもったチェルトコーフは、民衆からかけ離れた位置にあり、トルストイと似た立場にあった。トルストイ九〇巻全集（一九二八―五八）の編集長をつとめ、トルストイと同じ八二歳で亡くなった。

命の残りを使って口述している病床のトルストイは、意識混濁、うわ言、という知的活動の谷底へ落ちたり、一挙にかつての高みへ瞬間的にもどったりする。その時トルストイがまだトルストイであることを証明する言葉――自分への特別扱いの拒否と病床からの脱出願望を表わす心の底からの言葉が歯なしの口から出てくる。それは死の棘に苦しんでいる重病人が発する言葉ではなかった。トルストイの場合、生き方も死に方も異例であり、彼は自分の国で異人として生きた例外者の一人であった。昨日の午後二時トルストイは、突然、興奮して、起き上がり、大きな声で言った。「これで終りだ。そして無だ」

トルストイは、死について考えるというより死を追求してきた。それは部分的には作家として不可欠の仕事である。死と無関係な人間は存在しないだけでなく、死をめぐる事情にその人間の非日常的深層があらわれるからである。友人が重病になった時、死をつまり人間を研究する絶好の機会なので毎日のように通った。病人の妻は、トルストイの目的に気がついて「悪魔だ」と恐れ憎んだ。

「アルザマースの恐怖」で死の不可避性の意識がトルストイを生捕りにした。この意識に一たん入られてしまうと、蛇に呑みこまれた小動物のようになる。蛇の歯列は、獲物が外へ出られない構造になっている。トルストイの死の意識も外へ出られないままに腹中にあった。物欲と財産の放棄、有産者、特権者の生存圏からの逃走、自分のための宗教改革等にとりくみ、格闘することによって死の意識は融けていった。

その解放の後に来たのは老齢による死の接近である。トルストイは、老いて死ぬのはあたり前と死をつき放しながら、死を考える価値のない人生外の事として相手にしない、という境地には達しなかった。その代わり「いつ死んでもいい」という友好条約を死神と結んだ。締結後は観察者、診察者マコヴィツキイが言うように、トルストイは死を恐れていない。一般的に言って、「いつ死んでもいい」

晩年のトルストイに献身的に仕えたチェルトコーフ（左）と
81歳のトルストイ。ヤースナヤ・ポリャーナ、1909年

は安心材料であり、この安心を土台にしてじっくり仕事ができる。なぜならすでに予定された死はたいていの私的な心配事を消してしまうからであり、死に太刀打ちできる障害物はまず無いからである。ナチスの絶滅収容所で最もきれいな生き方をしたのは死ぬと決めた囚人であった。死は生が必要としたものを不必要にする。余計なパンの一片は意味を失っていく。それを手に入れようとあがく代わりにパンだけでなく自分の命も他人に贈ることができる。ナチスのガス室付きの収容所で他の囚人の身代わりになって死んだ神父は、ひょっとすると「いつ死んでもいい」で未来の全てに対して心の準備ができていたのかもしれない。神父であっても神様だけで説明するのは不自然である。自分が予定した死は死の恐怖を消す、あるいは弱めて、自分を別の次元へ移すだろう。トルストイも同室の者とはちがった次元で生きていた。

死んでいく過程は肉体的には疲れるが、事態としては思いのほか単純、かんたんだ、と病床で思った。案ずるより死ぬが易し。「これで終りだ」

しかし終末には時間の幅がある。そこで死についての意識が働く。断続的に起る意識の復活は、トルストイであるという光の状態である。この時に「真理」が口から出た。これは死の意識が言わせた。意識が死を準備する。獣は単に死ぬ。人は死に殺される。

やがて頭脳にも心にも体にも、汚れたロシヤに対する政治的気苦労をふくむ一生の疲れが表われ、トルストイは黙ってしまった。

夜、呼吸数は減り、午前四時すぎ、うめき、寝返りする。呼吸が苦しい。今はもう何も話せない。ただ命が消える前の肉体的混乱があるだけ。ニキーチン医師の記憶では、マコヴィツキイは、ぶどう酒をまぜた水を口もとにもっていった。目を開けて飲みこんだから、まだ意識は消えていない。これが生涯最後の食事になった。注射に抗議する力は無くなった。もはやトルストイではない。午前四時四〇分、脈なし。顔にチアノーゼ。目だけでお別れするために、肉親と友人たちが入室する。ベルケンゲイム医師がソフィヤを呼ぶように提案する。午前五時、両ももに注射、トルストイは痛みに反応する。

五時二〇分ソフィヤが入って来た。寝台から三歩の所で止まる。ソフィヤとトルストイの間に不眠不休の医師ニキーチンとマコヴィツキイが立ちはだかる。トルストイに意識がもどって、ソフィヤが近づこうとしたら、それをはばむためである。ソフィヤは、八分ほど居たのち、トルストイの頭のてっぺんに口づけをしてから、つれ出された。

ソフィヤはアスターポヴォでは病人トルストイに対する危険人物としてあつかわれているが、悪妻ではない。大家族を養い、夫に群がる食客たちに食べさせ、そのためにも必要な召使いたちを雇い、使役する。相当な額の収入がなければ、この生活は崩れ去る。家と家庭を守るために外敵と戦うのでなく夫と闘うはめになったのは、彼女が世間であり、夫が超世間、反世間だからである。この意味ではトルストイは外敵である。夫は、最大の収入源である印税を辞退して全著作物を「全人類の資産」にすると言いだすような危険人物であった。最後に法的効力のある一通の遺言書によって彼女は一ルーブリの印税も受けとれなくなる危険性を当然のことながら感じていたので、安らかに眠る代わりに泥棒のように深夜、この家の運命を激変させる紙がないか、さがしつづけた。お家大事の一心である。彼女の生棲地、活動舞台は世間であり、そこからふみはずしたら夫の同類になってしまい、ヤースナヤ・ポリャーナ城は陥落する。

ソフィヤの父は、クレムリンに勤務する医師であった。トルストイのように貴族ではなく中産階級である。ソフィヤが勘定高く、金銭を大切にするのは、したがって、自然である。

トルストイが財産を差し出すのは、所有という罪を我が身からぬぐい落すことだが、ソフィヤはこれを理解しなかったと長女タチヤーナは、ずいぶん時がたって冷静に判断できる時になって書いているが（タチヤーナ・スホーチナ＝トルスタヤ『思い出』）、ソフィヤには分かっていたのである。所有の罪をトルストイが自分におしつけている、とも言った。この主張をおし進めれば、財産の家族間での分配は罪の分かち合いになってしまう。

ソフィヤには所有の罪など興味がない。受けとる権利と資格のある収入に罪などない。

トルストイが、実入りの多い文学作品を書かず福音書の研究と宗教論文の執筆に熱中すると、ソフィヤは作家にもどってほしいと思う。キリストを、教会によって作られた神的地位から人間へと移したトルストイの福音書についての仕事、異端の書の意義をソフィヤは共感をもって理解することはできない。

トルストイが「破門」された時、ソフィヤはその「残酷な決定」および、トルストイ死去のさいには教会で葬礼をしてはならないという「秘密の禁令」に抗議する手紙（一九〇一年二月二六日）を府主教アントーニイに送ったが、彼女は、そのさい、「自分は教会の一員であり、そこから決して脱け出ることはない」と書いている。トルストイが全面否定する教会の儀式は彼女には大切である。夫の著作などに関心をもたず主婦業に専念することはソフィヤにはできない。清書することでまるで共著者のような充実した日々をおくってきた。その刊行は彼女の専業であり、状況が変わってチェルトコーフにそれを奪われそうになると、彼に対する憎悪を発作的に表わした。トルストイの主席助力者という世界に一つしかない場に誰も坐らせない。自分にはいろいろ才能があったのに夫への献身でそれらは埋もれてしまった、と思っていたが、後悔はなかったと思われる。なぜなら自ら言うようにその献身は天職だったからである。

家出はソフィヤの存在が原因でなく、トルストイ内部の政治的決着である。この激変無しにはトルストイの言動の体系は「言葉、言葉、言葉」（ハムレット）になって空中分解する。政治的破綻のふちで、ソフィヤはトルストイに家出決行のきっかけを与えてくれた。ソフィヤは意志に反してトルストイを追い出したのである。ソフィヤが家出のきっかけを与えてくれないかと願っていたトルストイは救われ、永遠の片道切符をもって汽車に乗った。

子供たち全員がその場に居あわせた。家をすっかりトルストイに明けわたした駅長一家もお別れにやってきた。

五時三〇分、両ももへ注射。トルストイは痛みに反応する。酸素が放たれる。呼吸困難な者には快いはずだがトルストイは半ば無意識的に身ぶりでいらないと知らせる。この拒否がおそらく生前最後の反応である。

午前六時三分、第一回目の呼吸停止。

午前六時四分、第二回目の呼吸停止。

午前六時五分、最後の呼吸。

死。

「一日中調子が悪かった。何も創らなかった。一日中自分が自分にとってあわれであった」（日記一九一〇年六月五日）。

このような日には、食事中に「死にたい」と言ってしまう。「そしてこの願いをおさえることができない」（同）。死ぬのは結構なことだ、と何回も口にし、書いてもいる。

トルストイは老いた豪傑ではない。八二歳という数字の圧力をはねかえす力もその気持も全くない。高齢で死ぬ自然さを受け入れるだけでなく歓迎している。

しかし、執筆欲が年齢のたがをゆるめ「何も創らなかった」という状態を解体させ、疲れるまで仕事をする日もまた多い。高齢で命が不完全だから仕事をしたい。仕事なしには命がもたない。だから今日は何も書かなかったという常態の欠落がその日最大の悲劇であった。

二一世紀は、枯木も山のにぎわいから枯木が山のにぎわいになった時代である。後期高齢者の制服は後期高齢者医療被保険者証にあずけて、光輝高齢者という私服で山行きを楽しむ、この能力を自分の中に自分で開発する。これを二一世紀の日本が無言で求めている。これにこたえなければ山のにぎわいは無い。

自分にとって自分がやっかいになっても自分を他者へ預けない方がいい。手助けを断りつづけたトルストイがここで参考になる。他者の手の中で脳は干物になる。脳は、自分勝手に遊ぶのが好きで、誰からも指示をうけず一頭一城の主としてふるまいたい。万事自分でやり、自分で考えるという命と脳のトルストイ的使い方で人生の後半を進んで行くと、命も脳も干からびることはないので、老年が

アスターポヴォ駅長宅で死んだトルストイ

砂漠にならない。砂漠地帯に自分で自分の体を放置するという終末直前のありふれた、したがって、恐ろしい光景は、アスターポヴォ駅での終幕には、当然のこと、見られなかった。

大きな回転は急には止まらない。止めたあとも回転し、徐々に弱まりつつ完全に止まる。駅長宅での肺炎患者の生は弱まっていく回転にあり、命の動きが惰性になっても八二歳の老人は命のかすみを食べて露命を養い、作家として数十年間ひらめきを味わってきた幸福の終末期に、言うべきことがひらめいたら、がばっと身を起こす力を残していた。散りぎわの労働である。無残なほど「心の安らぎ」を拒否している。このしつこさが死後に九〇巻全集を残した。これは天国も地獄も無縁なトルストイとの死後の面会所である。

ルネサンス初期の桂冠詩人フランチェスコ・ペトラルカ（一三〇四―七四）は、『デカメロン』

の作者ジョヴァンニ・ボッカッチョ（一三一三―七五）と精神的に深く結ばれていた。九歳年下のボッカッチョは、当時としては大変高齢の、しかも病身のペトラルカの健康を心配し、「精神的緊張と不断の研究や労苦を投げすてて、年齢や研究のせいで疲れはてたこの晩年をのんびりと閑暇と休息によっていたわるように」（『ペトラルカ＝ボッカッチョ往復書簡』近藤恒一編訳）すすめた。この忠告をペトラルカはするりとかわす。「わたしはおよそ生に執着していませんが、たとえお勧めのように長生きを切望するとしましても、もしご忠告に従ったら、いくらか死期を早めることになるでしょう。不断の仕事と緊張こそ、わたしの心の糧なのです。――わたしは休息し怠けはじめると、ただちに生きることをもやめるでしょう」

「老年はからだの病気ですが魂の健康なのです」（同）と考えているペトラルカは、休息に入って肉体的に健康になるとしたら、からだと魂の状態が逆になる。だから「からだが健康で魂が病気であることをわたしが望むでしょうか。そんなことは真っ平ごめんです」（同）ということになる。「わたしはすでに研究の幸福な成果によって富み、もっとも偉大な人たちと肩をならべ、労苦にたいする輝かしい褒賞によって尊敬されているので、神や人びとにしつこく頼むのはもうやめて、すでに得たものに満足し、望んでいた栄誉をだきしめているがいいそうです」（同）。老齢や功績を理由にした休息は体だけでなく魂も病気にしてしまい、この二種の病が短い命をさらに短くするだけでなく命の質を底値まで落とす。「魂の病気」はこの大詩人にとって創作不能という病気であり、これは書く者にとって死病である。

ペトラルカもトルストイも条件付きで老齢を生きた。無条件に長らえるという生き方の敵である。

創作だけでなく体制と不断に闘うトルストイにおける「不断の仕事と緊張」はペトラルカどころではない。体と魂とのペトラルカ的関係をトルストイは家出の一〇日間であらためて集約的に示した。長生きを望まないどころか、死にたいする願望をいだきつつ生と死の境界線上でも仕事をつづけた。死と仕事、死と活動が共存共栄する老年がここにある。

「貴君によれば、わたしはすべてを書いたし、あるいは充分すぎるほど多くを書いたのですが、わたし自身は、まったく何ひとつ書かなかったように思うのです」(同)。だから残り時間が一年も無いペトラルカは「太陽が没しようとして一日が終わり、昼間の時間を失ってしまったかのように、全力で歩みを速めるのです」。(同)

ペトラルカの生涯は七〇年に二日足りなかった。もし二日長生きしていたら二日余分に書いただろう。研究と創作に生きたこの学匠詩人は、真夜中、仕事中に亡くなったと言われている。もしそうなら書きつつ死に、死につつ書いたのである。

生と死の間に「閑暇と休息」という緩衝地帯を設けなかったので、ペトラルカはトルストイの先輩である。

マコヴィツキイ、この忠実な友は、トルストイのまぶたをとじ、ニキーチンと共にトルストイの遺体を洗い、これによってマコヴィツキイの人生における黄金時代が終った。

トルストイから心変わりの言葉を引きだすことも嘘をつく機会も得られなかったトゥラの高僧パルフェニイが来て、トルストイが臨終のさいにギリシャ正教と和解する意志を表わさなかったかどうか遺族にたずねた。

ソフィヤを入室させたのはトルストイの活動の休止がはっきりし、トルストイがトルストイでなくなった時である。ソフィヤはのちに私の目の前でレフが息をひきとった、と書くことになる。ソフィヤは赦して下さいと心からわびたが、もはや無意味であった。

タチヤーナは一八年後、この日のことを書いている。午後十時セルゲイが汽車の中に入ってきて、「まずいことになった」と言ったので、駅長宅へ向った。母親には言わなかったが、後からついてくる。部屋に入ると父は意識不明である。医師たちはこれで終りだと言った。母は父の枕もとに坐り、顔の上にかがみこんで、あなたに対する罪を赦してほしいとささやいた。深いため息がその答えであった。（タチヤーナ・スホーチナ＝トルスタヤ『思い出』）

ブルガーコフはヤースナヤ・ポリャーナで留守番をしていた。居あわせたチェルトコーフ夫人がなにかの知らせを受けるや、あおむけに倒れ気を失った。ブルガーコフは、人を呼ぼうと廊下へ出たとたん、はっと気がついた——トルストイが死んだ！

人間存在の重さにあえぎつつ命を使い切った者、八二歳のトルストイは、ユートピア的提案を全て「洗っていない」現実にはねかえされたあげく、無というユートピアへ去った。

解剖も脳の重量の測定も行われなかった。故人がそのようなことを望まないのは聞くまでもない。多くの者が別れをつげにやってきた。誰かが『永遠《とわ》の記憶』を歌い出した。室内に居る者がそれに唱和すると、突然、扉が全開になり、剣を持った憲兵たちが乱入し、歌を止めよと命令した。教会から破門された者に『永遠の記憶』を歌うことは禁じられている。

異端は異教徒よりも呪われる。出棺の時も屋外に居た者がトルストイの死顔を見ると『永遠の記憶』を歌いだしたが、憲兵がすぐに止めさせた。トルストイの敵、国家権力が手にする凶器である憲兵はトルストイが汽車に乗った時からヤースナヤ・ポリャーナの葬儀まで、生けるトルストイにも死せるトルストイにも絶えずつきまとう。

国会ではトルストイの国葬について討論が行われている。これこそ遺体に対する反トルストイ的処置である。

死には何もつけ加えるなかれ。

家出人には旅路のはてで消えるのがふさわしいが、トルストイの遺体は、その意志に反してトルストイ家のための特別列車で家へ帰されることになった。

権力は、死んだ後もトルストイを恐れ、帰途、民衆を刺激しないように車輌には「貨物」と大きく書かれた。

これは生前のトルストイに対する権力の復讐のようでもあり、同時に、自分の遺体をいかなる呪文もとなえないで「汚物」としてすぐに捨てよと言っていた故人にとって、汽車に乗った遺体は貨物である。

ソフィヤは空っぽのトルストイを受け取った。十一月八日午後一時一五分、死せる家出人を古巣へ逆もどりさせるために、汽車はアスターポヴォを離れた。

棺はザカースの森へ運ばれた。少し離れて騎馬憲兵がいる。群衆は棺に向ってひざまずき、破門された者へは禁じられている『永遠の記憶』を歌った。誰かが叫んだ。「警察もひざまずけ！」憲兵たちはこの指示に従順に従った。彼らは『永遠の記憶』を禁止する力を失った。

トルストイの墓の場所について一つの言いつたえがある。そこには緑の棒が埋められていて、それには文字がきざまれている――「全ての人を幸福にするにはどうしたらいいか」。トルストイはこの問いの中で眠っている。

話の後で

死なず草を求める道中で、酒と春とを商う女がギルガメシュにお酌をしながら言いきかせた。人間の生死をあつかうのは人為ではなく神為であり、永遠の生を求めるのは無駄なこと。「昼夜、あなた自身を喜ばせよ。日毎、喜びの宴を繰り広げよ。昼夜、踊って楽しむがよい」（『ギルガメシュ叙事詩』月本昭男訳）

「喜びの宴」とは命の使い道である。不死を願うより「宴」に加わる方が人間に向いている。「宴」とは陽気さの場である。

陽気さとは、命の正しい使い方である。生死の運命に心をわずらわされ、命をすり減らすのは愚かであり、この一番卑俗な変種が、死を恐れて単なる長寿を人生の最高目的にする生き方である。これは旅に出る前のギルガメシュの浅はかな願望であった。

ギルガメシュはウルの町をつくった。彼の居場所は、永遠の生を求める旅路ではなく、自分の創造物ウルであり、その中心の広場である。広場には神も不死も無い。ただ人間でにぎわっている陽気な場である。

人生の紅葉期こそ陽気さが必要である。しかし、醜、弱、衰ぬきの紅葉期は非自然の作り話である。

だから小さな本書にも、陽光が照っている所もあれば鬼火が燃えている所もある。ただ地底に陽気さが満ちていればいい。老いたゴヤやレンブラントやファーブルも登場したのは、彼らが本質的に陽気な類いだからである。年々住みづらくなっていきつつある老いた日本に、一人でも多くの老人が紅葉人に、できれば陽気な紅葉人になれば、それは本書が最も歓迎する祝い事である。

本書は、全篇書き下ろしである。「命の個性」に関しては、部分的に類似の考えを以前に書いたことがある。その他の話は全て新品である。パソコンによる清書原稿は萱原健一氏が熱意をもって担当してくれた。前著『天職の運命』と同じく、この仕事もまた本の良き産婆であるみすず書房の川崎万里さんのたくましい手によって世の中へ送り出された。お二人とも、御苦労様でした。心から感謝します。

二〇一五年夏　武藤洋二

著者略歴

（むとう・ようじ）

1939年9月30日生まれ．大阪外国語大学ロシア語学科卒業．大阪外国語大学ヨーロッパI講座教授をへて現在同大学名誉教授．主として帝政ロシヤとソヴェトを拠点にして人間を追っている．主な刊行物に『ゴーゴリの世界から』（昭森社），『詩（うた）の運命　アンナ・アフマートヴァと民衆の受難史』（新樹社），『天職の運命――スターリンの夜を生きた芸術家たち』（みすず書房），詩集『地球樹の上で』（郁朋社）などがある．

武藤洋二

紅葉する老年

旅人木喰から家出人トルストイまで

2015 年 8 月 31 日　印刷
2015 年 9 月 10 日　発行

発行所 株式会社 みすず書房
〒113-0033 東京都文京区本郷 5 丁目 32-21
電話 03-3814-0131(営業) 03-3815-9181(編集)
http://www.msz.co.jp

本文組版 キャップス
本文・口絵印刷所 萩原印刷
扉・表紙・カバー印刷所 リヒトプランニング
製本所 松岳社

Printed in Japan
ISBN 978-4-622-07925-5
[こうようするろうねん]